岡部伊都子

伊都子の食卓

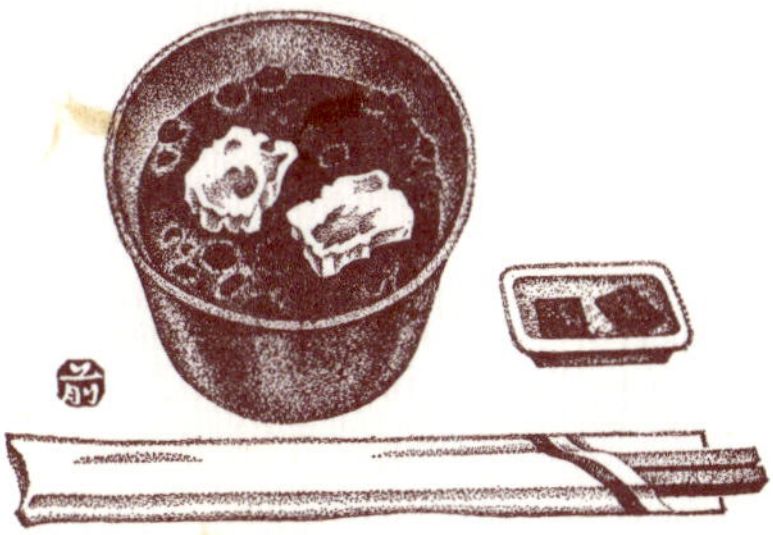

藤原書店

伊都子の食卓　もくじ

伊都子の食卓

カバー・扉画　前田藤四郎
（大阪市立近代美術館建設準備室蔵）

夜中のお餅

うずらそば

おとし玉子のお汁をチュと吸いかけていると、とんとんと階段を昇ってくる音がして、親類の姉さんが、「やあ、もう食べてるの？　いっしょにおうどんを食べに行こうと思うてたのに」と、誘ってくれた。

「ううん、今やっとお汁を吸いかけたばかり。ごはんはまだなの」

さっそく支度をして、もう一人の知人と三人が、暮れたばかりの街へ歩きだした。

まず持って来たのが枝豆と、おそばをゆでた汁を塩で加味したもの、これは重湯《おもゆ》のような味わいであったが、枝豆は大きくて見事な実が入り、茹《ゆ》で加減のうまさが冷蔵庫に入っていたと思われるその冷たさに引き立てられ、こんなにおいしい枝豆は食べたことはなかった。

それにまた、お酒が高級らしく、甘くって、ぬるいお燗《かん》がちょうどよい温かさ。

真ん中にガスを仕掛けてある朱のお膳、その上へおのおのお椀とお箸《はし》だけを置くと、そのガスの上に鉄鍋《てつなべ》がかかり、大きい土製のとっくりようの容器から、こくこくと音をさせて、お汁が鍋に流れ込む。

紺絣《こんがすり》を着た女の人が、菜箸《さいばし》を動かして、かしわを入れる。肉のあぶらがさっと表面に浮んで光っている。そこへ一人前ずつ昔ふうの笊《ざる》がくる。美しいみどりと白に茹《ゆ》であげた白菜、色の薄いなまゆば、ふっくらと箸の通る唐の芋《からいも》、白い餅《もち》の小角切りの両面をざっと素焼きにしたもの、特別に注文するらしい二センチ直径ぐらいの小さい愛らしいがんもどき、鮮紅色に映える人参、切り目が絹こし豆腐のように緻密に真っ白な松茸《まつたけ》、洗われたように光る莢《さや》えんどうの鮮やかさ、烏賊《いか》と穴子《あなご》の天麩羅《てんぷら》、とまあそういったものが、じつにきれいに並べられて運ばれ、私はびっくりしてしまった。

お汁がふつふつとおどるころになると、手打ちの太く平たいおうどんが、重ねた桶の中から汁に入れられ、その上に今言ったものをずらりと並べて、大きい貝のスプンをおいて、女の人は立ってしまった。

伊都子ちゃん、何を黙ってしもて、早《はよ》うせっせと食べんかいな。

　両方からそう言われても、一度口に入れたお汁のおいしさに、お鍋の中の美しさに、お酒のほのかな酔いに呆然としてしまって、しまいには、ほかの二人が、やれお餅《もち》が軟らかくなった、やれ天麩羅をおあがり、とばかりもどかしがって、私のお椀に入れてくれた。

　それはおいしかった。いくら食べていても飽きないのだし、そのおうどんが第一ころっとおいしい上に、種の一つ一つが言いようもなくおいしくて、黙って食べていると、かわいいがんもどきの、思いのほかにあわあわとうまいのや、唐の芋の甘さ、白菜の色や人参の見事さ、松茸の香り、ああもう言いつくせない。

　話は前後するが、小間《こま》の畳の上に、赤い天鵞絨《びろうど》の小型のおざぶを敷いて、枝豆を持って来た時の、さや入れのつもりの細かい目の笊が、これまた風雅に好もしかったことも忘れられない。

　やっと、みこしをあげて外へ出た。

　秋の夜である。ちょうど平野町は夜店だったので、通りかかった笊屋に心をとめ、探してみたが、どうにもあの笊がない。情けなくあきらめて、そのかわりに黄と白の大きい菊を求め、抱いて帰った。送ってくれた人が心斎橋《しんさいばし》へ行こうかと誘ったけれど、いえ、私はもうたくさん、あなた一人で洋酒でも飲んでらっしゃいと別れて、さっそくに菊を活《い》けながら、もう一度ああおいしかったと思い、やがて外出先から帰って来た母に、手ぶり足ぶりでそのうまさを伝え、うらやましがらせてやった。

それからね。何度もやってみたんですよ、真似して。近所の小母《おば》さんを招いたりしてね。それが、白菜とか松茸とか、ほかのものはだいたい同じようにできるんですけれどね、困ったのは、がんもどきと唐の芋、うどんの玉。こちらの市場あたりで売っているがんもどきは皆大きくて、あんなに小さいのはないし、そのうえ味が悪くって、どうにもだめなんです。唐の芋も茹《ゆ》でてただけだとすかみたいで、あの甘い芋ぼうのような味がちっともできないので弱っちゃいました。うどんの玉も、手打ちがもちろんあるはずがないでしょう。だから干しうどんの太いのを代用にしました。まあこれは、うまくいったようです。海老《えび》だの鱧《はも》だの鰆《さわら》などを天麩羅にするし、ずいぶん高くつくけれど、家でしたんだっておいしくて、母さんなんかお鍋の蓋をしてしまっても、欲しそうでした。そのうちに一度お越しください。笊もあれに似通ったものを少しは集めたし、お鍋も大きい陶製のを求めましたから……。もしお味がお気に召さなくていやだとおっしゃるんでしたら、素早くチキン・マカロニでもしてさしあげますから。どうぞご遠慮なく。

ジュース

私が十七、八歳のころは、日中戦争が始まってはいたものの、まだ心斎橋《しんさいばし》は華やかだった。立売堀《いたちぼり》の瀬戸物町《せともんちょう》の自宅から、少し南へ出て新町橋を渡ると、明るい夜の散歩路である。その通りを東に、果物屋の角を曲って心斎橋へ出るのが、いつものコースになっていた。

入営するまでの兄は、無骨な顔付きのわりに、おしゃれで、今思うと英国式とでもいおうか、一見、平凡な中に目立たぬたしなみを欠かさぬ人であった。兄も激しくみなみを愛していたし、私はまた私で、ぶらりと「丸善」で本をあさり、「ドンバル」でコーヒーをのみ、呉服屋や洋品店をのぞいたり、千年町の「いぼや」の下駄に凝ったりしたものだが、ある日、「大丸」の前あたりで兄に出会った。

私はだいたい、ひとり歩きが好きである。

誰かがいっしょだと、その人の意志を重んじようとして、自分の見たいものも、ゆっくり見られない。兄は洋画の材料を求めに来ていたらしかった。

肩を並べて歩くと、ちょうどいい一対に見えるのがイヤで、落ち着かないのだが、兄を尊敬しているので、それが言えない。兄は、めずらしく外で会ったのだから、いっしょに帰ろうといって、「そごう」の二階のパーラーへ私を連れてはいった。今のとはちがって、ずっと豪奢な荘重な感じのするところで、何を注文するのかと思ったら、

「オレンジジュースを二つ」

と言う。

忘れるほどひまがかかって、やがていんぎんに持ってこられたのは、三角型で長く脚のついた、美しいカクテル用のグラスである。

うすいグラスのふちにあたって、細かい氷のかけらがチカチカ音をたて、どろんと濃いオレンジがはいっている。むろん、ストローなんてシャボン玉用具はついてなくて、浅い三角グラスに重々しくゆれているオレンジを、まるで高貴薬でも飲むように、しずかに口に含んだが、目ざめるほどの冷たさといい、純粋のオレンジの濃い香気といい、おもわず「ああ、おいしい」と嬉しい顔をして見せると、兄は満足そうに、

「コーヒーばかり飲んでいると胃をいためるし、夜など眠れなくなる時がある。いろいろ

考えて、果物の汁なら良かろうと思った。しかしホット・オレンジやレモネエドなどは、湯水の匂いの方が高くて味気ない。ここのオレンジジュースだけは本物だ。いちいち手でギュッとしぼって、水をまぜてないから、うまい。伊都子も、これからあまりコーヒーやココアをのまずに、ジュースにするといい」

この節では、どこの店にはいってもミキサーがうなり、パインでござれバナナでござれ、瞬間的に豊醇《ほうじゅん》なジュースが供されている。喫茶店にはいると、いつもジュースを注文するので、

「またジュースですか」

とひやかされるけれども、ジュースは私の身体を養うと同時に、刺激されやすい魂をいたわってくれる飲物でもある。

果物のしぼったものだから、どこで飲んでも同じだろうと思ったのは大間違いで、同じジュースでも、店によって微妙に味がちがっている。材料の吟味の工合や、お砂糖や玉子、ミルクなどを入れたり薄めたりの度合いが、ちがっているからであろう。

大きなカチワリを浮かせてあるのは、氷のまわりだけしか冷たくなく、不親切である。新鮮な材料をよく冷やしてからミキサーにかけ、水でわらずに、さざれ石のような氷をち

らし、あまり甘くしないでもらいたい。

コーヒーでも、ぞんざいに入れられたのと心をこめて作られたのとは、一口飲めばわかるように、ジュースだって、心のこもったものは、何ともいえずおいしい。

ずいぶんあちこちで、ジュースを飲んでみるが、あの、宝物のように捧げてこられた、かつてのオレンジジュースほどの、肌目《きめ》のこまかな雰囲気と、唇にのこる美味しさは、いまだに味わえない。

一つには、掌《てのひら》に握って、しぼられたものだという思いが、かのジュースを、いっそう高貴にしているのであろう。

「飛行機乗りには娘はやれぬ、やれぬ娘が嫁きたがる」

などと歌っていた兄も、独り身のまま飛行機上で戦死してしまった。私にとって、いちばん話のわかってもらえる肉親だった兄が、現在も生きていてくれたらと思う。一週に一度ぐらいは、お互いに好みのジュースをすすりながら、大人の世界のもろもろを語り合うことができるものを。

おむすびの味

「おむすびが、どうしておいしいのか、知っていますか。あれはね、人間の指で握りしめて作るからですよ」

と、かず子におっしゃる『斜陽』のお母さまは、海苔《のり》で包んだおむすびも、やはり手でひょいとつまんで召しあがるのです。

折詰や信玄《しんげん》弁当に、ていさいよく並んでいるおむすびは、おむすび用の木の型で作られていますから、見た目は美しいのですが、さて、箸をつけるとすぐパラパラとくずれてしまって、水っぽく味気のないものがあります。

たとえ形はふぞろいでも、たきたてのごはんを、塩水でぬらしたてのひらにとって、心をこめてよく握ったものには、一粒一粒にほどよく塩味がしみこみ、むっちりと、すき間もなく、何ともいえないお米のおいしさが、のどの奥にしみわたります。

握りしめるこの指に、このてのひらに、何というふしぎな生命が通っているのでしょう。こうしたおむすびを作ることのできる手をもっているのは、人間だけなのですね。

おこげ

子どもたちというものは、案外味覚がするどいものですが、ごはんのおこげを、子どもどうしで取り合いをはじめたりいたします。

プーンと匂う香ばしさが食欲をそそり立て、その上によくたきこまれたごはんのあまさが、噛みしめれば噛みしめるほど、おいしくなってくるからでしょう。

夏など、ひどい暑さが続きますと、みんなが何となく食欲がうすれ、冷たいものばかり飲んで肝心のごはんがすすみませんが、ときには、ごはんをおむすびにすると、きっとたくさん食べられることでしょう。

お味噌《みそ》や梅干を握りこんだり、のりを巻いたりした塩気のあるおむすびは、知らぬうちに、いくつも食べています。

おはぎのように、おむすびを黄粉《きなこ》でまぶすのもおいしいでしょうが、あのおこげのごはんから思いついて、握ったおむすびをこんがり焼いて食べましたら、消化もよく、余ったのも腐らさず、とてもたくさんいただくことができました。

ひややっこ

夏の食事の楽しみの一つは、ひややっこでございますね。

一年を通じて、おとうふは私たちの食卓から離れませんけれども、とくに、暑い暑いと汗を流すころは、冷たくしていただく絹こしどうふの、つるりとしたやわらかさや、なまの甘さは何とも言えません。

東京へまいりますと、この絹こしがあまりありませんが、なまの木綿《もめん》にはまた、それなりにこってりした味があります。

このひややっこは、そのままお醤《しょう》油《ゆ》をかけていただくのですから、おとうふそのものの味を、ごまかすことができません。同じ大豆《だいず》から同じような手間でつくっても、こんなにまで味がちがうのかと思うくらいで、昔ふうに丹念につくった、おじいさんのを買うようになりました。

お客さまのときに、別に卵でおいしい玉子どうふをつくり、清らかなグラスの鉢に水をはって、白い絹こしと、黄いろの玉子どうふを泳がせ、その上にさくらんぼや、ささの葉を浮せて出しましたら、「まあ、美しい」と喜んでくださいました。

ふろふきの味

木々の梢《こずえ》もすっかり裸になり、ますます冬らしくなってまいりました。冬になりますと、何よりも火の気が恋しく、夜などは、とくにみなが狭い茶の間に集まって、こたつにあたまりながら、その日のできごとや昔話などをして、だんらんのひとときを送られることでしょう。

いろりのある田舎家では、いろりのふちに、マントルピースのある屋敷では、その暖炉のぐるりに集まるお客さまや家族の人たちに、大根やかぶらのふろふきなど、おすすめになってはどうでしょう。大きく切った大根やかぶらをやわらかくして、おいしく味つけしたおみそを、ドロリとかけて食べるのです。

ふうふう上る暖かな湯気につつまれて食べるふろふきの、あっさりした野菜の味わいは、変なお菓子よりもよほど後口《あとくち》がよく、いかにも冬らしいおもむきがあって、楽しいものです。

お茶漬

お正月は、どちらへ行っても、お餅《もち》やお重《じゅう》づめの料理ばかりをいただくことになるので、そろそろ普通のごはんほどおいしいものはない……などと思っていらっしゃるのではないでしょうか。

そんなとき、おいしいお茶漬《ちゃづけ》の食事をさしあげると、かえって心のこもったおもてなしとして、喜んでいただけると思います。

お茶漬をおいしく食べるためには、何といっても、ごはんがまずふっくらと、しかも少しカタメにたけていなくてはなりません。

ごはんが上手にたけていたら、あとはあり合せのものをかき揚げして天茶《てんちゃ》にしても、まぐろや鯛のおさしみをのせたのもいいでしょう。

鮭《さけ》のアラ巻きのお茶漬、たたみいわし、たらこなど、いくらでもかわったものがつくれますし、ほんとうに何もなければ、おのりをパリパリとあぶって、のり茶漬でもいいでしょう。

ごはん茶碗に少し少なめにごはんを入れて、適当に具《ぐ》をのせ、じゅっと音が立つほど熱い、香ばしいお茶をそそぐのです。

丸かぶりずし

今日二月四日は、幸福をよぶ節分です。

昔から大阪では、塩づけの赤鰯《いわし》を焼いて食べたり、幸運の巻きずしを食べたりいたします。世の中に幸福というものの姿をしっかりとらえることは、チルチル、ミチルの青い鳥をつかまえるようにむつかしいものですが、あなたは何にお悩みですか？　とたずねられると、だれでも自分の感じている不幸を、はっきりと見つめることはできるでしょう。

その不幸だと思っていることを、一つ一つなくしてゆくことが、幸福へのたしかな道でしょう。幸福とは何かと、むつかしく眉をひそめて考えないで、今の楽しさを大切に、今の苦しさを少しでも除いてゆくよう、努力いたしましょう。

幸運の巻きずしというのは、幸運を丸々かぶるという意味から、切らないで長いままの巻きずしを、かぶって食べるのです。

今日のおやつには、大人も子どもも両手でささえて丸かぶりする幸運の巻きずしを、おつくりになってはいかがでしょうか。

テレビおむすび

京都テレビの若いディレクターが来られた。テレビには料理番組が重要で、いろいろあるけれども、ちょっと新鮮なものをつくりたい、「趣味の食卓」というタイトルで、料理に寄せて生活と意見の語られるような、随筆的なプログラムにしたいとのお話。

かつてＡＢＣテレビで「料理訪問」というテレビ番組があって、それはカメラを持ったスタッフがみえて、うちで料理をするところをうつされたが、こんどはスタジオで持ちこみ料理をするのである。何しろ放送開始のはじめての「趣味の食卓」の時間なので、スポンサーがまだつかないから自由にやっていいらしい。

「それじゃ、おむすびはどうかしら」

と言ってしまった。朝日放送から流した「四百字の言葉」を『おむすびの味』として出版以来、すっかりおむすび屋扱いをされていたからである。

普通の料理番組ではいつも珍しい材料や調味料をつかって、工夫をこらした献立が多いのに対するレジスタンスもある。

私は素朴なおむすびをつくりたい、あったかくふアッと湯気のあがるたきたてのごはんを用意して、塩を掌にとるところからやってみたらどうかしら、今ではおむすびなんか握れる人が少なくなっているし、すっかり忘れている人もあると思いますよ。なぜ日本のお米の扱いをあまりテレビでなさらないのかしら。私はとくに原始的なおむすびをつくるのだったら、やってもいいけれど、何か凝った料理でないといけないのだったら、それにふさわしいお話なんかできないからごめんですね。

はじめはへんな顔で「へーえ、おむすびねえ」と生返事だったディレクターも、終りにはたいそう元気になられた。若く、理想にもえる新人なればこそ、この私の冒険的提案を受諾されたのだろう。その番組で話の相手をされる若い女性が、「いいわね、おむすびって、すばらしいじゃないの」と私と意気投合して下さったせいもある。

やがて、台本ができてきた。

タイトルバック『おむすびの味』の一章を書きかけた私の原稿用紙と、万年筆。そこへ女性アナウンサーの朗読が流れる。

「おむすびの味がどうしておいしいのか知っていますか。あれはね、人間の指で握りしめて作るからですよ」と、かず子におっしゃる『斜陽』のお母さまは、海苔《のり》で包んだおむすびも、やはり手でひょいとつまんで召し上るのです。……

それから楢原さんにうながされて、私が調理台の前にたつ。たきたてのごはんのはいったおひつ、食塩、のり、ねりみそ、梅干、花かつお、黒ゴマ、たくあんを、大きなマナ板のそばにおく。手をひたす水入りボールと、おむすびをいれる竹のざる。道ばたで摘んできた小ぶりの八《や》つ手《で》の葉。

私はまず着物の袖を脇にはさんで、サロンエプロンをする。

「何の料理のときでもそうですけれど、とくにおむすびの場合はジカにてのひらで握るのですから、よく洗います。中国の小説なんかよんでいますと、料理にかかる前に爪を切るといった描写がたびたび出てまいりますけれど、料理にかかる前に爪を切るなんていうのは、もっとも単的に清潔を意味していると思いますね。それを食べさせる相手に対しても、料理そのものに対しても、それが礼儀でしょう。ことにおむすびは、あまり爪が長い人だと握りにくいでしょうね」

などとボソボソしゃべりながら、よく手を洗って、ま正面をむき、おひつの蓋をはらう。ふわふわと湯気があがって豊かな匂いが鼻をうつ。そこで、も一度新しいボールの水で手をぬらして、食塩を掌にすりこむ。

「私は塩水よりも、こうしてそのときそのとき、てのひらに塩をとる方が、味に心がこもるような気がいたします」

からだ。そして東京風の三角ではなく、まるい俵《たわら》のようなおむすびをつくってゆく。長いこと台所へ出ないので、うまくつくれるかしらと心配だったが、昔とった杵柄《きねづか》というか、ころころと可愛くまろめられる。

「関西と関東とでは、もののよび名がよくちがって、たいていの場合は、関西の方に面白い言葉が多いように思いますけれど、私はおむすびの場合だけは、関西風のおにぎりよりも、関東風のおむすびという言葉の方が好きでございます」

にぎる、というと、それは片手でもできる形であるが、むすぶというと、二つのものがひとつに合する意味をもしめす。おむすびの場合は完全に、左右のてのひらがあって、はじめてつくれるものなのだから、おにぎりなんていうよりは、おむすびという方がよほどぴったりして、奥行きのある言葉だと思われる。形と形、心と心、形と心のむすび合い。

手をむすぶ。水をむすぶ。心をむすぶ。帯をむすぶ。愛をむすぶ。

何よりもごはんをおいしくたくこと、塩味が適当なこと、手の中でのしめ方が強すぎず、ゆるすぎず、心のこもること、中にいろんな具を入れるおむすびもたのしいけれど、私は何もいれないただのおむすびがいちばん好きなこと、あまり大きくなく、かぶって二くち三くちに食べられるものがいいと思うこと。でも、いまでは趣味的な食物みたいで、和風ホット・ドッグでもあるようだから、中には何でも工夫していればいいと思うこと。

そんなことを言っているうちに、五つのおむすびはでき上る。カメラむきに選んだ、美しい格子ざるを置いて、その上に濡れた八つ手の葉をふきんでふいてのせ、おむすびを盛り合せる。たくあんを無骨な短冊に切ってそえる。カメラがそれをアップにする。おいしそうである。

「楢原さんはおむすびに何を連想なさって？」

「そうですね。やはりお母さんですわ。お母さんのつくったおむすびほど懐かしいものはありませんもの」

「そうでしょうね。このあいだも、ある小学校の子どもさんの作文に、お母さんのてのひらでつくったおむすびでなければいやだと注文しているのがありました。何といっても母に対する絶対の清潔感、信頼感なのでしょうね」

ある高校の生徒が友だちどうし、打ち合せて家出をした。ところが汽車の中でおべんとうを開いた瞬間「お母さん」といって泣き出してしまった。おむすびに母が映っていた。しかし、もうこのせつでは、社会的な仕事をもって忙しいお母さんが多く、家でおむすびをしてもらう子どもも少ないのではないか。

私の幼児のころなど、母は「おむすびコロリン、コンコロリン」の話をしながら、目の前で握ったおむすびをほおばらせてくれたものだ。このごろはあちこちに「おむすび屋」さんができているので、私もちょいちょい食べてみるけれど、パンパンに固いか、大きくて箸でくずさないと食べられないか、木型ですぐにくずれるか、塩味が足りないか、とかく母の味とはおそらく縁の遠いものだった。

おむすびなんて、よそに食べにゆくものではないと思うが、それが流行《はや》っているのは、家庭におむすびの味がなくなったのか、孤独な社会人の郷愁なのか。その点、このごろの若い嬢さんたちは「おむすびをつくって頂戴」というと、「そんなもの面倒くさい。私ら、そんなものつくる必要ないと思います」といっこうにつくろうとしない。だが、私はいつもいう。

「つくらなくってもいいのよ。でも、自分がおむすびをつくれるてのひらを持っていることをたしかめるために、一度にぎってみたら。いつでもおむすびのつくれる用意は、しておいた方が、とてもゆたかに人を愛せるのではないかしら」

私が随筆集に『おむすびの味』と題したことも、太宰治の『斜陽』の冒頭で、ああそうだ、おむすびをつくれるてのひらをもっているのは人間だけなのだと、胸を打たれたからである。私は自分のてのひらを、はじめて見守る気がしたものだった。

雑談のうちに「六段」の琴の音がひびいてきて「趣味の食卓」終り。ほんとうに何の奇もない平凡なプログラムだが、私たちはとても気持がよかった。リハーサルのとき、居合せたスタッフは、そのおむすびをひとつずつつまんで、「うまい、うまい」と大よろこび。「これをみたあとで、そいじゃおひるは、おむすびにしようという家があったら、成功といえるね」と話し合った。

幸いに、リハーサルのときより本番の方がずっと段どりがよく、蓋をはらったおひつから、ゆらめきのぼる湯気もよくキャッチされていたらしい。ロビーへおりてくると出逢うだれかれが、「あのおむすび、どうしたの、食べたいな」と言っている。ディレクター氏は自分の思った通り、しずかな淡々としたものになった、うまくいったとご満悦だった。

しかし「趣味の食卓」はこれっきり。すぐあとにスポンサーがついて、ふつうのコマーシャル・料理番組になった。民間放送の宿命である。私は自分の気ままを通して「おむすび」を握らせてもらったことを、あらためて感謝した。もともとテレビむきの顔つきではない上、あまり人に見られたくない気性なので、テレビ出演はいつも不精に出しぶるのだが、これはいい後味だった。

そのあとで「いっぺんにおむすびを食べたくなってつくりました」とか「子どもたちが、せがんで、せがんでね」とかよくきいたので、そのたびに良かったと思う。素人のたどたどしいやり方でも、それだけに家庭の中には素直にうけとめられたのだろう。

「うちの嫁はおむすびをつくるのをはじめて覚えたといって目をまるくしてるんだ」とおっしゃる老紳士もある。十一月終りの日曜日は、ちょうどしとしと雨がふっていて、それもかえって良かったのだろう。

「あれ以来、どこのおむすび屋にはいっても満足しませんね。あんなおむすびをまた食べさせて下さい」

なんていわれると、おだてのきく私のこと、私の掌《てのひら》はやさしい掌なんだとうぬぼれる。あまり特技のない私だけれど、どうやらおむすび屋にだけはなれる自信ができた。

寒いちご

みかんがそろそろしなびてきた。

若々しい房《ふさ》の水気が、いくぶん整い澄ましているようである。みかんは便利な果実の一つで、ナイフのご厄介にならずに、一口一口袋の中につまっている果肉を味わうことができる。

それだけに、どうも気になり出すと不潔なのは、自分の指先だ。バナナだとまだ皮をむいて、その皮をおさえるだけで食べ終えることができるけれども、みかんばかりはどうしても、親指、人差指の二本をジカに唇に触れてしまう。時によると袋といっしょに指をちゅうちゅう吸っていることもある。大人も、みかんを食べるときには大人の顔はしていられない。

みかんばかりではなく、果物がほんとうに美味しいのは寒中のような気がする。というのは、果物のもつ冷たさが、いよいよシンと凍っていて、歯にしむばかり、また身中を清めるばかりに思われるからだ。私は白桃やパイナップルの缶詰も大好きなのだが、寒中にはどうしても、加工されていない生の果物をくちに入れたい。そして自然の寒気に、りんりんと、はだをひきしめているいじらしい果肉を、その寒さとともにのみこんで、わが生命としたいのだ。

果物店の前にたって、芳香をたてているポンカン、メロン、りんご類を眺め入る。美しい色と艶、花と同じように生きて、たしかに呼吸している果物を買うときには、その美しい命を自分のものとすることに、いつもかすかに心がきしめく。

一日に十個のみかん、五個のりんごなど平気で食べる果物餓鬼《がき》だが、そんなに豊富に果物を求める余裕はない。しかし、小走りに通りすぎようとする私の足を、ゆきすぎがてににぶらせるのは、白綿の上に並んでキラキラ光る寒のいちごだ。このごろは冬のいちごも安く手に入るようになって、食べごろの小粒のものだと一箱の福羽《ふくば》いちごがあまり高価でなくみつかる。一つぶ一つぶの紅をいとおしみながら、冬なのに、やはりガラスの器に入れて炬燵《こたつ》の上でひっそりと味わう。

お酒も煙草も飲まない女の、これはささやかな贅《ぜい》に酔うときなのだ。

卯の花月

幼稚園の庭のすみに、兎《うさぎ》のはいった檻《おり》があった。耳の長い、赤い目の白兎が二、三羽、いつも、もごもごともものを食べていた。近くによると、へんなにおいがした。それは藁《わら》や草や、黒い玉のような糞《ふん》や、兎の毛なんかのいりまじったにおいであるらしかった。そして雨気《うき》の日には、いっそういやなにおいになった。

ままごとや、スベリ台に飽きると、私はその金あみの前にたって、兎を眺めた。ふくふくとあったかそうな白い毛が、兎の小さな呼吸や、身じろぎにつれて、そよいだ。くさいのをがまんしてでも、いつまでも見ていたい可愛らしいものが、その中にいた。

小さい犬でも、積極的に近よってくると、こわくてたちすくんでしまう女の子だった。なにしろ、犬は、自分よりも大きな顔をしていて、面とむかい合ったり、じゃれてこられたりすると、いきがつまるほどこわかった。

同じ生きものでも、いつも黙々と口を動かせている金あみのむこうの兎が、ちょうどよかった。

「兎にあげるから、おからちょうだい」

母に包んでもらったおからを、金あみごしにねじこむと、パラパラ下に散った。雑草をつんで入れても、兎はするすると食べる。なぜ兎にはおからがいいのか、おからばかり食べる兎の口を見ながら考えていた。ひろく山野をかけめぐるにふさわしい足を持っていながら、檻の中で、おからを食べて生きてゆかなければならない兎のあわれさなんて、思いみるすべもしらなかった。幼な子には、無気力なおとなしさ、おとなしく、無関心に、私に眺められてくれる兎の方が、犬よりも親しいのであった。

だから、長い間、おからは兎の食べるものなんだといった気持がのこっていて、子どものころは、あまりおからのうまさを理解しなかったように思う。値段の安いことも、おからを軽んじることにつながっていなかったとはいえない。

講談で、荻生徂徠《おぎゅうそらい》かたれかが、貧乏の最中、お豆腐で飢えをしのいでいたが、そのお豆腐代もはらえなくなって、豆腐屋の義侠心でおからを恵まれて生命をつないだ、などと聞いた。豆腐のよろしささえ、ろくにわからなかった子どもには、おからが、結構なお菜だとは思えなかったのだ。

娘に成長して、いつのほどから、どういうきっかけで、おからが大好きになったのであろう。よく考えると、母の妹に当る叔母のおかげらしい。叔母はたいそう料理がうまくて、家での食事のすすまぬ私も、叔母の家へ泊ると、なんでもがおいしかった。

ひとつには、両親の間の暗い雰囲気から解放された精神的な安らぎもあったにちがいないが、なんといっても、叔母の個性的な味つけが口に合ったのだろう。このごろのようなモダンなお料理全盛ではなく、料理学校の繁昌期でもなかったから、まったく地味な、家庭料理であった。

しかし、叔母の手にかかると、どぶづけの小さい長なすをほおばるうれしさとか、鱧《はも》の皮のつけやきを、みじんに切ってまぶした、ちらしずしのうまさとか、ともかく庶民生活になくてはならぬ日常の安価な食べものが、こんなすばらしいうまみを持っているのかと、目をみはる思いをさせられるのだった。千切り大根の煮つけなど、叔母の家では、いくらでも食べられるのだ。

その叔母によって、おからもまた他の品では味わえないうまさをもつおかずであることを教えられたのである。青葱《ねぎ》、油揚《あぶらげ》、なまぶしをほぐした身、こんにゃくや、ゴマをいれることもあった。ともかく、さっと油いりして、だしじゃこのだしで、うすくち醤油《しょうゆ》の味をつけたおからは、大よろこびのおかずになった。また、あまく煮つめて、カラカラにしたおからを、おすしのごはんにまぜたのも、おいしかった。

卯《う》の花ずし、などとおからに酢をふって、上に魚の切り身をのせたものは、やがてはじまった主食節約の世相の中でも、堂々とデパートの陳列にでていた。もともと、風雅の趣をもつ卯の花ずしも、代用食というレッテルをはられると、なにかわびしく味気なかった。大豆《だいず》も貴重品になり、お豆腐はもとより、おからも手に入りがたい時代となっては、板の間や廊下や柱を、おからでつやつやとみがきこんだ話なんて、すっかり忘れられてしまうのも、もっともであった。

卯の花、といって、すぐその木を、そして白くこまやかなその花群を思いだして、ふと目を細められるのは何人ぐらいあることか。華やかな、個性の強い色彩の花々がクローズアップされる世の中。

「卯の花の匂う垣根に、ほととぎす早も来鳴きて……」

なつかしい小学唱歌は遠くなった。五月の夕闇は、白い花のりんかくを、くっきり浮きたたせて美しいものだが、卯の花腐《くた》しといわれるさみだれも、このころによく降る。

ほかに花も多いのに、そして雨でくさるのは卯の花ばかりでもあるまいに、とくに雨が花を腐らせるという連想に、白いうつぎの花が結びついたのは、この美しい卯の花を異名にもつおからの、腐りやすさと思いあわせて、なにかおかしい。

足が早くて、あっという間に、そのふくいくとした大豆《だいず》の香り、あったかなすこやかな香りを失ってしまうおから。このごろでも、小さい玉ひとつ買っても、小人数の家庭には多すぎるほどの量になるので、その余分を棄てることになるのが、心にひっかかる。それでも、余ったおからは、おふろでぬかがわりにときいた。米ぬかの、ぬんめりした感触よりも、おからはずっと男っぽい。

男っぽいといえば、いまどきおから汁なんて、つくるお宅はなくなってしまったのではないか。まぜると、ムラムラおからの渦がたってくるが、しばらくおくと上ずみのにごり汁となる。大きな鍋《なべ》で煮たおから汁で、おひるをすませたことの多い昔の生活の中では、大阪の商家のおそうざいの、便利な一汁であったようだ。

酔ざめによいとか、身体によいとかいって、壮年の男たちもよろこんですすっていた。

きくらげのはいった白いてんぷら、関西でてんぷらというのは衣をつけてあげた天麩羅《てんぷら》の場合と、かまぼこようの魚のスリ身をじかに揚げた白天、赤天などとの二種類ある。この白天を切って入れ、青味を散らせたおから汁は、案外おいしいものなのに、その復活がみられないのは、ふしぎな気がする。

男性の郷愁のひとつに、おからは大きな位置を占めているようである。客人たちに、コロッケをだすよりも、おからの煮たのをだした方が「これはほんとに食べたかったものなんだ」と感動される。女性にはともかく、男性におからをもてなして、よろこばれなかったことはない。

京の料亭でも、真味なおからの一品をだすので、男性たちのふるさとになっている店がある。このおいしいおかずが、家庭から失われて、いまでは、よほどの珍味になってしまったのらしい。

五月、旧暦卯の花月の某日の昼食。

えんどうごはん、たけのこのジカだき、若布《わかめ》の軸の酢のもの、三つ葉のごま和《あ》え、菖《しょう》蒲《ぶ》の葉をそえたおいしいなまぶし。そしておから汁……。

とか、なんとかいっているけれど、めんどうになると、おからをおいしくたいて、白いごはんで食べてしまうだろう。おからの煮つけは、白いごはんでないと、真のうまみを発揮しない。

家ごとのすしの味

人間の味覚をよろこばせるためには、その内臓の状態と精神の状態を、よく知っていなければならないと思う。そのどちらもが、非常にデリケートで、時々刻々にうつりかわるものだから、実際は自分自身の内部をさえ、はっきり、それと確認することはできにくい。たまたま、それにぴったり合った料理がつくられたときに、天与のうまみが生まれ、よろこびが味わえる。

また、案外、内臓よりも精神よりも、そのつくり手の性格が、味に強くでてくる場合がある。精神はやさしくても、せっかちな人はせっかちな味をだすような気がする。はで好きな人ははでな料理になる。生まれつきの性格の欠点にみずから気がついて、それと闘いを怠らない人の味には、複雑なうまみがこもっている。料理も、くるまの運転と同じように、自分の性格との闘いの必要な要素が、大きいものである。

なんだか、ごたごた理屈をのべたようだけれど、じつはおすし、バラずしとも五目ずしとも関西ではいう、あの、ちらしずしのなつかしさを語ろうがためであった。

七月は大阪では愛染祭《あいぜんまつり》にはじまって住吉祭に終わるひと月じゅうが夏祭りである。毎日どこかの地域でおみこしが動き、縁日で子どもたちがはしゃぎ、おそうめんや、おすしのごちそうがつくられる。

鱧《はも》のつけ焼、鱧の子とうぶうぶしい小芋のたきあわせ、胡瓜《きゅうり》と蛸《たこ》の酢のもの、どこへいっても同じ献立で、それを、飽きもせずに親類じゅうたずねて食べ歩く。その同じ献立のごちそうが、家によって味がちがうので、なかなか飽きはしないのだ。

白いおそうめんをゆがいたのを、氷にかけてだし、うすく、こぶだしにお醤油《しょうゆ》だけで味をつけたつけ汁を、必ずコップに入れてだす家。大きな鉢に、白いおそうめんを、中に数本は色のついた線もまじえて美しく泳がせ、上には青ざさや、しそや、さくらんぼや、椎《しい》茸《たけ》や、玉子なんぞを散らせてある家。

美しくておいしい家もあれば、見た目の豪華とはうってかわって口の中がつまらない家もある。何の飾りもなく、あいそもなくだされた素朴すぎるほどのおそうめんが、あんまりあっさりとあと味がよくて、忘れかねる家もある。

「いったい、あのうす味で、そのくせこんなに気持のいいあと味をのこすおだしは、どうしたらつくれるのかしら」

などと、家に帰ってから、いろいろ真似してくふうしてみるのも、一見、手をかけられた形跡のない、うまさなのであった。

そとめの美しい演出は、ちょっと見ればすぐに応用がきくし、いろんな自分の演出も加えてたのしめるけれど、味における真味というものは、なかなか安易に真似ようがなかった。昔なら、花びらを散らして供したであろうサラダを、そのままつきだしたり、青葉をあしらいたくなるお皿に、強いて葉を無視したり。このごろは、無演出、無装飾の気品と、素材だけで構成される味を、たいせつにしたいと考えている。

おすしの味も、千家千様である。いつか転居したばかりで、つぎつぎの不意の来客に手がなく、つい近くのおすしやさんから、にぎりをとってすすめた。来た人たちは「まあ、岡部さんのところへ来はじめて、こんな、よそからとったものでもてなされたことは、はじめてですね」という。巷《ちまた》の店としては種もよく、ごはんもうまくできていて感心したのだが、それでも食べる方は味気なさそうな面持ちだった。こちらもさびしかった。

亡くなった母が、浴衣《ゆかた》にタスキをかけて、大きなすし桶の前で、たきたてのごはんに酢を合わせていた光景が、今でもいきいきと目に浮かんでくる。子どもの私たちは周囲でバタバタそのごはんをうちわであおぎたてるのだ。

母は五目ずしにはあまりお砂糖を使わぬ、あっさりとお酢だけの味つけをしていた。私の好みは、わりに甘酢なので、このごろのわが家の味とはだいぶんちがうけれど、そのすっぱいおすしが、湯葉《ゆば》や、すだれ麩《ふ》や、ちりめんじゃこのほか、私の使わない材料をいっぱいまぜてつくりあげられると、それは、他の人の手では同じものが味わえない、独特の風味を備えるのである。一種の美術品を完成した時のような満足した表情で、母はそれを近所にくばる塗の木箱につめてゆく。家族が、それぞれに好きな器を選ぶと、それにも盛ってゆく。錦糸《きんし》卵や紅生姜《べにしょうが》も、細かく刻んでいた。

私はまた、母に見習い教えられたことを基本にして、自分の口にあうように、いろんなおよばれの味を綜合する。ごぼうや椎茸《しいたけ》やたけのこなど、さっとサラダオイルでいためてから味をつけて、それを甘酢のごはんにまぜるのである。高野豆腐は別に煮ておく。三つ葉は色のかわる程度に熱湯を通しておく。時には、うずら豆や、白とうろく豆の形よく煮たのも散らして、書くと、もっちゃりした感じだが、なかなかおいしい。

でも、神戸の「青辰《あおたつ》」のちらしずしが気に入ってからは、具は椎茸ときくらげを煮たのをきざみ、あなごを細く切ったのと、もみ海苔《のり》をまぜるだけのおすしをつくるようになった。玉子はみりんをたっぷり入れて塩でひきしめ、とろ火で厚焼にしておく。大ぶりに切った玉子と紅生姜もひろく切ってつける。簡単にできて客料理にもなる。

台所でゆっくりと、手間ひまかけた料理をつくる時間があまり恵まれなくて、家の人のつくってくれるものをよばれる毎日だが、だれもいない時の客人には、いそいそと台所にたつことになる。相手のお好みや、こちらの都合や、時間や、用件などを考えて、献立をくみ、材料をそろえる。うちへいらっしゃるのは、私と話をなさるためなので、私がお話の間は動かないですむ準備がいる。

時にはすし台だけつくっておいて、にぎりの種になる魚の切り身をつくってもらい、お話をしながら、にぎってだしたこともあるし、八重洲口「錦」のしじみの佃煮《つくだに》を芯にして白おぼろ昆布をのせた押しずしにしたこともある。神戸のデリカテッセンの、しなやかな鮭《さけ》のくん製で握ったにぎりを、そのまま冷やしておいて、レモンをしぼりかけて食べるのもたのしい。この鮭のにぎりをつくろうと思うと書いたら、たちまち、三宮のあるおすしやで、それがはじまったのだそうだ。

「このごろはおすし用に、くん製を買いにくるすし店も多くなって……」

とデリカテッセンで言われた。

「そう、パテントをとっておけばよかったわね。でも、いいことだわ、おいしいのだもの」

人間って何だろう、友情って何だろう、生きていることなんて、こういう耐えがたい時間を過すことでもあるのか……。そういう、つらい人間関係のあつれきの中でも、手料理というものは、あたたかな手のぬくみがある。家族の間で、たとえ喧嘩《けんか》口論があっても、きまった食事だけは感謝して食べないと、共同生活のかばい合いはむつかしい。

私は心から手料理を尊敬している。それだけに、あまり気を許してはいけない人には殺風景でも、店屋ものをとりよせた方が無難なこともあるのだと知る。できるだけうちの家の味を味わってもらおうとしたことは、だれに対しても無防備な、まちがいだったかもしれない。大事な手料理を、もっとたいせつにする必要があるかもしれない。愛想よくもてなすだけがよいことではなく、時には、そっけなく水くさくしなくてはいけない場合もあったのだ。

逆に、手料理をごちそうしたくとも、時間と材料のない、不意の場合はとてもできない。好意があってもできないことがあるのだから、それは許してもらうよりほかにない。

この間、人を送っていっしょにこられた異国からの留学生に、

「おなかお空きになったでしょう。このあたりのおすしでもよかったら召し上りますか」

ときいた時、

「ええ、それではまきずしを」

と言われて、不意に親しい思いがした。いっしょに久しぶりのまきずしを食べながら、気をゆるしての話はつきなかった。

西瓜好き

「僕はうまいものを食うのがたのしみでね。食い道楽だっていわれるんですよ」

木下順二作の現代劇「オットーと呼ばれる日本人」の中で、主人公尾崎秀実《おざきほつみ》は朗らかに食い道楽を語る。満州事変から日華事変を背景にしたゾルゲ事件の尾崎秀実だが、観ていて苦しくなってくるのは、あまりに現代に似通う諸問題があり、また予言がぴたり、と当っているからである。

息ぐるしくなるような、こちらの心理を解剖されるようなセリフの多いなかで、食い道楽の一面がでていたのに、ほっとした。じつは私は、おいしいものを食べたいということが、往々にして、他の人は何を食べていてもかまわない、食べられない人があっても、そんなことは知ったことかといった心に、つながることを知っている。「自分だけ」おいしいものを食べることが、いっそうの美味として味わわれているらしいのである。

そのことがいやさに、ひとつは食べものについて語ることが苦痛なのである。コッペパンひとつを食べかねている人も多い世の中で「あれがすばらしい。これをこうして食べると、とてもおいしい」などということに、心ぐるしさを感じないではいられないのだ。

そう思いながら、やはり、ひとかたけの食事をも、心うるおうよきものにしたいと願う自分の欲望はたしかにある。

「いや、人間の味覚なんてね、どんな貧しい環境にでも、それなりに十分うまさを味わえますから大丈夫。みんなそれぞれ、うまいもんを食って生きているんですよ」

と闊達《かったつ》に笑いとばされる方もあるが、おなかをみたすにせいいっぱいで、空腹にせきつかれた味は、うまさというよりは安心感といえるものではないかと思う。だからみんなが一応の満腹を得られる生活水準の中で、よりうまいもんを、みんなのために考えたい。

上海での仕事に対しては、あまり深い理解の持てない妻も、おいしい食事をつくって尾崎を満足させる。男のいたわりからか、あるいは見栄か、あるいは警戒か、尾崎は妻に、自分の仕事の内容を打ち明けはしないが、仕事上の協力者、理解者であるスン夫人には、骨肉にひびき合う愛と信頼を持っている。そのスン夫人への思いから身をひきさくように、帰国を決意するとき、スン夫人は尾崎を抱擁して叫ぶ。

「あなたは日本へ帰ったら、うんとおいしいものを食べるのよ。あなたの好きな日本のおいしいものをいっぱい……」

ふと、涙のにじんでくる感動であった。祖国を、生まれついた国を、身内に食べてしまう作業。日本の土と天が、そして人びとの労働がつくりだした野菜や肉や魚を、うんと食べて、元気に生きていること。それが愛する者への何よりの愛のあかしであり、仕事への責任であり、自分へのいつくしみなのであった。

私もよく、自殺を思いつめた人や、へとへとに疲れきっている人びとにむかっていう。

「ともかくも、今夜はおいしいものを食べてちょうだい。あなたのいちばん好きなものを食べて、それから、これからどうするかを決めましょうよ。おいしいものを食べて、美しくお化粧をしてね。それからよ、死ぬのは」

そうなのだ。そのとき、おいしいものを好きなだけ食べることができる人は、生きていられる。経済的にか、精神的にか、もうその余裕をなくしたときこそ、心は荒れはて、舌は凍りつくのであろう。死や苦の影をときほぐすだけの、あたたかなエネルギー源がないのである。

なぜか人間には、飢えをみたすだけでは事足りないわがままがひそんでいる。私など、どんなからだなのか、ま夏はほとんどごはんが食べられない。もったいない話なのだが、冷汗がでて、へんな気持になってしまう。胃筋肉の無力状態なのだそうである。

ともかく、ではじめたころから、なくなってしまう終りまで、毎日西瓜《すいか》を配達してもらっていた。三度三度、西瓜をしゃりしゃり食べておくのが、毎年のならわしとなった。とても、ひとりで一個は食べられないから、半個、メロンの親方のようなのは一個ということになる。濃紅、淡紅、黄、それぞれの香りや味は、うんうんうめくほど弱っているときでも、こころよい甘みをのこしてのどに消える。それさえつらいときは、ジュースにして飲む。

こちらは毎日でもちっとも飽かないのだが、からだの方で変調をきたし、医師に、「こんなひどい栄養失調になってもらっては困ります」と叱られた。生卵も牛乳も飲んでいるのだけれど、なかなか、他の食べものにまで、食欲がおこらないのである。

さすがに好きで毎日食べるだけあって、西瓜はなんとか上手に、おいしそうな口をして食べているらしい。お昼ごはんのあとの果物に、西瓜をつき合って下さったあるジャーナリストは、半日行動をともにしたあげく、夕食後にもまた「西瓜を」といった私に呆れてしまわれた。もっと他に高級な果物がたくさんあるというのに、まるで何かのひとつ覚えのように安い西瓜ばかりをいうので「何か思い出でもあるのですか」とかんぐられる。メロンも大好きだし、いちごも、アイスクリームもいいけれど、あるのならばやはり西瓜である。

お盆や、地蔵盆に、西瓜はつきものだった。西瓜の中身をおさじですくって食べたあと目鼻を切りぬいて中にろうそくの灯をともしたことを思いだす。

それに、大阪に灯火管制の予行演習が行なわれた夜、それはまだ、太平洋戦争にまでは至っていない日中事変中のこと、隣家の青年と、そのお母さんに連れられて心斎橋《しんさいばし》筋を歩いたことがあった。

まっ暗に遮蔽《しゃへい》された幻影のような街を空のあちこちに打ちあげられた照明弾が、ぼんやりと照らしていた。背の高い青年が影のようだった。もう、いろんな食べものが統制されていたころだけれど、二重の暗幕をあげてはいったある喫茶店では、たくさんの人が西瓜を食べていた。

私たちも西瓜をたのみ、やがて運ばれてきた西瓜のまっ赤な切り口が、黒い暗幕の中で、鮮かであった。異様な雰囲気のなかの、めずらしいひとときだった。その夜、三人が散歩から帰って、やはり暗い家にはいろうとすると、母の爪《つま》びく三味の音がきこえてきた。父はそんな夜でも、決まった夜の外出をして家にいなかったし、ひっそりとしずまった家の中で、母はひとりの音をあげていた。

「あなたのお母さまが、何よりのよろこびであるあなたを隣人に托したさびしさを察する」といった隣家の青年は、当時、帝国大学の医学部の学生だった。「こんな戦争で死んではいけない」と言い言いしていた人だが、卒業と同時に海軍軍医中尉として南方へ赴任の途中、魚雷をうけて沈没してしまった。

彼はいっしょに西瓜を食べたその翌日、私に一通の手紙を渡した。

「私は昨夜、あなたが家の中に消えてゆくのを見つめながら、そのあなたの姿にさびしさを見いだしました。何らの警戒も、何らの意図も、何らの説明すらともなわない野性的な、したがってまたそれだけ素直に私の心に強く響き得るさびしさを見ました。私は思います。教養はまず、こうした野性的な美しさを示すことのできる心持の上に築きあげられてゆかねばならないと」

私を、野性的だといってくれた最初の、唯一の人であった。じつは私は、まだ十六歳くらいの女学生で、まことに幼く、その時の手紙の意味がよくわからなかった。それから二十年もたって、やっと自分が野性的な存在であり、人間の教養とは野性を失うことではなく、野性を洗練させることなのだと気がついてきた。私は、あまりにもおそい自分の理解に、じだんだをふんだ。

「どんなに小さくはかないものにしろ私のよろこびをともによろこびと感じ、かなしみをかなしみと知り、ともに笑ひともに涙をはらって『生きることに対する歓喜』を獲得せんとはげまし合ひ助け合ひ甘へ合ってゆける人、その人だった」

と、こんなにも、深く、私のいのちの意味を見通してくれ、しかも私を、人生における戦友として求めてくれていた人と、それともさとらぬ別れかたをしたことが、もったいなく口惜しい。

彼の手紙は、たちまちのうちに遺書となったわけだが、その手紙はまだ若い青年が幼い少女にあてて書いたものとも思われない激しい情熱と永遠の真理につづられていて、よみかえすたびに、涙がこぼれて仕方がない。

「ごめんなさいね、ごめんなさいね」

私がやっと気がついたとき、あやまるにもその人は、すでにこの世の人ではないのだ。

小娘の私が、無邪気に西瓜にかぶりついたとき、ピュッとお汁が飛んだ。彼の頬にかかったのを、彼の母も、彼も微笑した。その微笑で私をみた、なんともいえないやさしい面影は、いまだに忘れることができない。

おむすびころりん

これまでも大地震、大災害はたびたび起こっているが、一九二三（大正十二）年九月一日の関東大震災だけは、とくべついつまでも、人の心にのこっているようだ。私の生まれた年の大地震で、大阪にいた私たちの家族でも「ほんまにこわいこってしたな」と、よく記憶していた。

「伊都子ちゃんなんか、寝かせておいたら、小さなものやから揺れるたびにころころころがって……」と、冗談のようにからかわれていた。

だから「そうよ。よく覚えているわ。畳の目をくっつくほど近くでみた赤ん坊のときのことを」といっているうちに、いつか、それが真実そうであったかのように思いこんでしまった。

「いくらおませでも、生まれて半年の赤ちゃんが、そんなことを覚えているものですか」

と笑われた。いつの年も、九月一日は大地震の話があらためてくりかえされ、おひる前には黙祷がささげられた。

「今日はな、えらい地震で、東京でたんとの人が死にはった日やから、おむすびにしときましょな」

残暑のきびしいまひる。母は梅干をいれたおむすびに麦茶をくんで、私たち兄妹に食べさせた。母のおむすびはいつも大きく、あまり上品な形ではないのだけれども、母の話は真に迫り、心いっぱいの感情が裏うちされていて納得がゆくのだ。

幼い人を好きな母は、お話も好きだった。

「いいおじいさんが山へ柴かりにいってな。おひるになってお重詰《じゅうづめ》をひらいたら、おばあさんのつくったおむすびが、いっぱいつまっていました。ヤレおなかがすいた、ひとつごちそうになろうと言って、ひとつつまんで食べようとするとね。そのおむすびが落ちて、コロコロコロと、どこまでもころがるの」

おむすびころりんこんころりんの話や、猿蟹《さるかに》合戦の話などをいっしょうけんめいに話しながら、おむすびを握っては私たちの手にもたせるのが常だった。節くれだった大きな母の手をみつめて、コロコロころがったおむすびが、穴の中にポトンと落ちる音をきくような気になっていた。母の話はたのしく、童話や民話をおむすびと重ねることになれていたので、この九月一日のおむすびだけは、異様な緊張感を幼い心に与えられた。それは、不幸、残酷をしのぶ、悲痛、哀悼のおむすびだったからであろう。

関西では俵《たわら》のようにまるめるが、関東では三角形にむすぶ。どちらにしても、はじめておむすびをつくろうとすると、簡単にみえて、なかなかうまく恰好よくむすべない。

「東京風の三角むすびのことをね。あれは、人間の心臓をかたどったものだという人があります」とのこと。そういわれると、ハートのおむすびは心の形をてのひらであらわすこととして、必然的に思われる。片手だけではむすぶことはできない。人の心と造形のおむすびでもある。

けれど、これも長年の習慣で、私などはどうしても俵型のおむすびをつくる。紫蘇《しそ》や、おみそや、ごま、花がつお、梅干、しらす干、のり、わかめ、たくあんなど、ごく平凡なものを芯にいれたり、そとに巻いたりするだけだが、塩加減と手加減がうまくゆくと、おいしいおむすびになる。

正直いって、数年前から、急激にふえた町のおむすびやさんで、なるほど、と思うおむすびにありついたことがない。例の木型ぬきの小さい列か、逆に大きくて、箸で割ってこなごなにしないと食べられないようなかたまりに、困ってしまう。てのひらでつくるのは、てのひらで微妙な呼吸をはかって、ごはん粒とごはん粒との間がバラバラ離れないよう、また、だんごみたいに固くかたまらないように握るためである。それが全然考慮されていない。

とぼしい私の経験の中では、大阪南、法善寺前の「みどりや」で、信玄弁当につめられていたおむすびが、いちばんすばらしかった。これはふつうの俵型というよりもう少し細長くてそれが、あじろ型に並べてある。私の口で、ふたくちほどの量。ひとつひとつが、きつ過ぎず、ゆる過ぎずに、指のあたたかみののこるような心やさしさで握ってある。ごはん粒がぴかぴか輝いていた。塩あんばいもよく、何も余分な飾りはないのに、織麗であった。こんな芸術的なまでの姿と味のおむすびは、これがはじめてで、その後はふたたび発見していない。

私たちしろうとには、とてもこんな美しいおむすびはつくれないかもしれないが、しろうとには、しろうとゆえの素朴なおむすびを味わうことができる。

食欲のすすまないときや、あまりごちそうのない日の不意の客人に、いろんなおむすびを並べ、新生姜《しょうが》の酢づけや、塩こぶでもそえておくと、案外印象にのこるらしい。お人によっては、お菓子代りにでも小さく握ったおむすびに、とろろこぶをまぶしたり、きな粉をまぶしたりした間に合わせの皿をだすと、びっくりするほどよろこばれる。

娘のころ、ふしぎに心をひきつけられた吉田十四雄《としお》氏著の『百姓記』は、何回かくりかえして読んでいるが、その中にもおむすびがでてくる。岐阜の貧農の若夫婦が、弟一人をつれて北海道に移住する物語で、夫婦は長い旅の間の食糧を、くさらぬようにと用意する。みそをいれ、塩を利かせて握ったおむすびを、さらに焼いてあるのだ。

しかし、さて北海道の原野にたどりついて、目的地までを大八車をひきながらすすむとき、食事に休んでおむすびを割るとプーンとにおう。「あ、くさっとる!」という声がみょうに胸にひびいて、未開の、未知の原野にまむかってゆく小さな人間の姿に、心細さがにじみでているようであった。

さっそく、車にくくりつけてあった三本足をとりだして、自在の鍋《なべ》に残りのむすびを全部いれ、あたりの小川の水を汲んでおじやにたく。そしてふうふう食べて、その粗末な食事にさえ、あたたかく力づけられては、また歩きはじめる。現在のモダンな北海道からは想像もできない荒野、いやはての国だったのにちがいない。

「あの震災の時はな、食べるものがのうて、上流の貴婦人が大きなダイヤモンドの指輪とおむすびとを交換してほしいといわはったそうでっせ」

と、震災記念日のたびにきかされていた。おむすびの食べられないことは、そんなにつらいものかと思いながらも実感としてはわからなかったのに、戦争は、それどころではない。国全体の飢えであった。

初空襲で大阪の中心部が焼けてしまったとき、持てるだけのおむすびを、帯芯のかばんに詰めて、電車の途だえた玉出《たまで》から立売堀《いたちぼり》の家の焼けあとまで、父を探しにいったことが思いだされる。純綿＝純日本米、白米のおむすびが、何よりのごちそうだった時代である。

このごろでは炊飯器でおこげができない。ゆっくりといいおこげのできるごはんをたいた方が、おいしいにはちがいないだろうが、とてもそれだけの余裕がない。なんとか、お米が立つようにたけるけれど、おこげのおむすびをつくれないのは、すこしさびしい。でもこげたものは胃がんの誘因になるという説もあるから、あまり執着をしない方がよいのかもしれないが。

私はほかに何の技能もないが、おむすびならなんとか心をこめて握れるように思う。

「四百字の言葉」集の第一を『おむすびの味』としたのも、おむすびのつくれるてのひらを持っているのは人間だけなのだ、人間への思いを形にむすんでゆきたいと願ったからであった。

もし、生きるべき他のすべての道をとざされても、このてのひらの健在なかぎりは、親切なおむすびを供することができる。おそらくは文章をつづるよりも、罪は浅くてすむであろうと、そう考えて、私は自分のてのひらをいとおしむ。

木の実

十月にはいると、ときどき足の冷えを覚えるような、秋の夜の気配がある。まだ夏の名残りの薄夜具でいるのを、目ざめた夜中に起きいでて、厚い布団をひきだしてくる。足もとに足した布団に落着いて、くらやみの中に目をあけてなにか考えている。眠ったつもりで目をとじていて、頭の芯で、かっとみひらいている自分の目がある。

ほんとに起きているのかしら、と目をひらいてみると、やっぱりぱちっと目があく。眠れてはいないのである。

うれしさを、ほんの一瞬味わうためには、長い長い忍耐や苦闘を必要とするものだ。失敗につぐ失敗。「失敗ばかりしているのよ」と言いながら、たしなめられるまでもなく、失敗は一度はしかたがないけれど、何度も何度も失敗するのは恥ずかしいことだと思う。人の世にあるうちは、自他のまちがいに、もまれもまれて、苦しみは、また次の苦しみで忘れ去られるといった情けない自分にすぎないのであろうか。

冷え冷えとこころよい秋の夜は、起きていても、横になっても、からだが透き通ってゆくような、しずかな客観性にひたされる。自分で自分の感じていることのすべてが、ふしぎでふしぎでたまらない。そしてもう、自分を自分の煩悩《ぼんのう》から解放したい気がする。自分の煩悩でかきみだされることが、つくづく面倒である。自分自身をそんなことで煩《わずら》わしがらせるのが、惜しくなってしまった。

とはいえ今日、思いがけない木箱が届いた。臼杵《うすき》……「わあ、カボスカボス、うれしいなあ」あんまりにこにことうれしがるので、助け手の女性はびっくりしたような表情である。めったに、手放しでよろこばないのに、このカボスだけは、とんとんとびまわりたい。臼杵の石仏を取材したご縁で、この貴重の香り高い実を、毎年味わわせてもらうことができる。

さっそく、鰈《かれい》や、大根おろしにたっぷりしぼりかける。いい匂い、そしてするどすぎず、また薄すぎない豊醇《ほうじゅん》の味が、これからしばらくを、どんなにたのしませてくれるか。

しぼったあとをおふろに投げこんでおく。ぽっこりと緑の球がお湯に浮かんでいる。手足をこすると、油をしいたように、ぬめっとする。密度の高い果汁である。

カボスのある間は、レモンは影がうすい。お酢のものも、ぜいたくな話だけれど、カボスの果汁ばかりでつくる。カボスとは、香酢とでも書くのだろうか。臼杵市の名産で、たいそうよくできた柑橘《かんきつ》類の一種だ。

それからもう何十年も以前、大阪のバスの停留所で見たといって、存じあげない読者が、徳島産のすだちをたくさん送って下さったことがあった。この時のすだちもまた、じつにおいしい果汁をしたたかに含んでいて、すべての食べものの味のいかされた秋であった。京都の方が、お家の庭にみのったからと、三個ほどの柚子《ゆず》を下さったのもたのしく、それぞれの土地によって、同じような性質の実なのに、すっかり味の風格がちがうものだとおどろく。その木の吸った、その土地の精気が、こうしてのどにしみこむのである。

この香りをしたたらせて食べたいのは、まず、松茸である。笠のゆたかな、茎のまっしろな松茸。まだ落葉の匂いののこっている松茸を、五ミリほどの厚さに切って、油をしいたフライパンにすこし水をいれて、しわがれないように熱を通す。バターはおいしいけれど、バタくさくしては惜しいし、火であぶると、すばらしい焼松茸の香りはくゆりでるけれど、しわしわになってしまう。だから、できるだけ、なめらかな茎の、噛《か》めばくきくきと歯ざわりのいい状態で、自然の香りをのこした素朴な味で食べたい。手を加えてそのものの味をこわすのが惜しい天然の美味が恵まれている。

すきやきだの、かやくごはんだの、お吸物だの、松茸がはいるだけで新しく食事がすすむ。いい茸だと、刻むのはもったいない。手に入れた松茸をどう使おうかと考える。安く大量に手に入ったときには、松茸を入れて塩昆布を煮ておく。ほとんど、老舗のおいしい塩昆布ですますようになったけれど、以前はもっとたびたび、家で煮たものだった。質のよさそうな板昆布を買ってきて、はさみで二センチ四方に切っていた。酢につけ、そこへ濃口醬油《しょうゆ》をだぶだぶ入れて、煮つめるのである。その中へ、松茸を中刻みぐらいにして、うんと入れる。とろ火で、適当にまぜていると、濃い匂いが表まで漂う。松茸昆布づくりのすんだ安心感がある。

このごろでは、とんでもない季節に、缶詰の松茸を使った松茸料理がでる。数年前の初夏のころに松茸の土びん蒸しをだした料理屋さんがあって、これだけは、いかに先物買いでも、ありがたくなかった。いい空気の缶詰をまで考える私でも、香りを尊ぶ松茸の缶詰の土びん蒸しはつらい。

しゃれた焦茶の皮に納まっている栗も、大好きな秋の木の実だ。むしたり、うでたりよりも、焼く方がかんばしく、味もあまくひきしまる。はちみつを少し加えて、きんとんにつくるのも、秋らしい一品になる。

うちでは、毎年、栗ごはんをよくたく。渋皮までむいて、大粒の栗なら二つ三つに切って、ごはんにたきこむ。私はふだん、食用色素がとても嫌いで、絶対といっていいほど自然のままを守るのだが、この栗ごはんに限って、ほんのすこしの食紅をとかせてまぜる。するとごはんは、まるで桜の花びらのような、うすい紅を含む。あまり強い紅にしては、気品がない。その、うすい紅いろのごはんの中に、月のかけらのような栗がちらばっている。母は、これを勝手に、「夢見ごはん」と名づけていた。母にかかると黄蜀葵《おうしょくき》の花も「夢見草」だった。夢見人とは多分、母のような人のことをいうのであろう。

このうすい紅に黄の映える栗ごはんに、菊の葉をそえたり、黒ごまを置いたりすると、それだけでもたいへんなごちそうにみえる。折しも、匂やかな新米のシーズンで、栗ごはん、松茸ごはん、それに銀杏《ぎんなん》を入れた銀杏ごはんなどを、よくつくる。青い銀杏を入れたときは、ごはんには色をつけない。白いごはんに散った青い小粒の実が、清らかに美しいのだ。

中庭に、大きないちょうの木のあるお家へ伺ったことがあって、その折、あちこちにたまった落葉の美しさに、心がゆさぶられるようであった。お寺や、神社の大いちょうには親しんでいるが、民家の中庭の大いちょうは、あまりみたことがなかったからだ。あるいちょうの名木のそばを通ったとき、その下におびただしい実が落ちていたので、懐紙に、七粒ばかりひろってきた。そして、ゴツゴツの石だらけの小庭にまいておいたら、いつの間にか、三本ほど新芽がでている。

あんまり気にするといけないと思って、できるだけ、そしらぬ顔でいるけれども、ほんとはうれしくて、なんとか大きく成長させたいと思っている。とても、私の生きている間に、銀杏をみのらせるまでには成長しないだろうが、のちのだれかのために、銀杏が天から降ればうれしい。

かきの冬

その頃の道頓堀《どうとんぼり》川の川水は、まだ美しかったように思う。底まで透き通るといった清らかさは、もう失われていたであろうが、それでも、川面のさざ波は、放心の魂をのせて漂うような都会の愁いに値していた。川の岸には屋形船がいくつもつながれていて、その中のいくつかは、かき舟であった。

十二月がくると、かきは美しい真珠いろに成熟する。このごろでは温暖の時季にも、ポリエチレンにはいったかきが売りだされているけれど、なんだか、ぽてっとふやけているようで、うす気味が悪い。かきは寒冷の貝、キリキリとはだのひきしまる冷たさの中でこそ、ピカリと光る貝の性なのである。

年の暮近いあわただしい気配の中に、師走興行の幕があがる。中座の出孫《でまご》（桟敷のマス）あたりへかまえた親戚の長老のところへ、でたりはいったり。娘の私たちは袖の長いきもので、どんなふうにしたら脚をむきださずにマスの境が越えられるかを気にしていた。膝ごといったんのって、向うへわたるのがちょっとした訓練を必要としていた。

今から考えると、まだ六十になるかならずかだった老女は、大いに威厳をもって、すべてことのはしばしに目をくばり、たしなめつづけていた。おばあちゃまはこわいけれど、おともをするとお芝居をみたり、おいしいものを食べたりできるのでたのしみなのだった。

芝居がはねて外へでると、うす雪がちらついている。道頓堀の冬の風情は、いつ思いだしても同じ感じで、太左衛門橋のうすぐらい橋のたもとに、手相見や占いのろうそくがゆらいでいた。おばあちゃまは、迷わないで、かき舟への石段をおりていった。

「おばあちゃまは柴藤のうなぎか、かきが好きやね。わたしたちは西洋料理が食べたいのに」娘たちはそういいながら、しおらしそうにあとにつづいた。舟は、若い足音にゆらゆらと揺れた。おばあちゃまの端正な行儀に見習いながら、厳粛に食べていた。あっさりのかき料理を、そんなにおいしいと思ったことがない。舟の窓を「閉めときなはれや、この寒いのに」と、叱られながらあけてみて、手の届きそうな川水の流れをみたり、橋の上をゆきかう人を見あげたりした。

かきは、なんやしらん寒い、水っぽい食べもののように長い間思っていた。やはり、若い口に味わうには、あまりにホロにがい風味を備えているのかもしれない。

けれど、かきのからを手を、まっかにこごえさせながら割って、その新しい、つるんとした玉をのみこんだときの、のどのうれしさ。清潔という点で、もし完全な安心があるのなら、何よりも素のかきを、潮気のままにのむのがいい。レモンやケチャップや生姜《しょうが》、貝につけたまま焼いて、バターをのせてすするのもいい。生のままや、酢がきのうれしい私だけれど、いかにも不潔な病原菌のうようよとしている昨今のかきには、熱湯処理をしてからの酢になってしまう。これればかりは、いたしかたもないことながら、いったん湯にあったはだは、それまでの清らかな自然の香りと感触を失ってしまう。天下の美味を、こうして失うのは惜しい。

的矢湾《まとやわん》の清浄かきが、有名なレストランやホテルで扱われているけれど、とても毎日の、われらの暮しにははいってこない。それにもう、埋めたてようといわれるほどに、まっ黒な川水になってしまった道頓堀川の汚臭、かき舟の風情どころではないのである。

寒い間、かきをいれた料理は、毎日を冬らしい味わいにひたしてくれる。かきを入れたごはんをたき、海苔《のり》をかけ、清汁《すまし》をついで食べていると、もうとっくの昔になくなったおばあちゃまが「かきごはんは結構でんな」といい、食べていた姿が思いだされてくる。私は、おばあちゃまをよろこばせようと思って、お釜をそのまま座敷に運べるように、黒ぬり朱ぶちの釜枠を買ってきた。

新町の川っぷちで、かきを割って売っている家があった。ひとつぶよりのかきをそこから買ってきて、酢や、汁や、鍋《なべ》や、揚げものなど、いろいろに料理してもてなした。かき舟でのごちそうを、見よう見真似のくふうだった。最後に美しい釜枠にのせたお釜を座敷にはこんで、たきたてのかきごはんをよそったとき、目を細めてこちらをみたおばあちゃまの、うれしそうな表情が忘れられない。親戚中でけむたがった人だけに、人の心のすみずみまでよく見通し、心づくしも人一倍深く感じる人だったのであろう。

その黒ぬりのふちは、どういうまぎれでか、あの戦災を通過していながら、まだ、私のそばにある。お遊びの、たのしみの釜飯ではなくて、うどんや、大根や、さつまいもをまぜて分量を多くしたまぜごはんが常食であった戦時戦後、その貧しいごはん釜を、美しい釜枠がひきたてていた。そうだ、何もかもをいれてごったに煮ただんご汁も、その釜からじかに椀によそわれたし、うすい雑炊も、この釜で日々にたかれた。

まだガスで火加減に注意しながら、釜のごはんをたいていた間は、その枠もときどき晴れだった。ふたたび、趣味の釜飯にかえっていた。でももう、炊飯器になってからは、釜枠をだす折もない。鳴子塗りの、外は木地塗、内は朱塗の、見事なおひつをいただいたので、それを持ちだすのがたのしみである。

いつか、かきフライをして、外側のカラリと、内部のみずみずしさを賞めてもらったことがある。あまり、衣という余分のもので、胃を重くしたくないから、メリケン粉を使わないで、水気をふきんで吸いとったかきを、玉子とパン粉でさっとまぶしつけておいたのだ。よく霜にあってやわらかくなった青葱《ねぎ》や、焼豆腐と、みそ仕立の土手焼にするのも冬らしい。みりんか、お酒をすこし入れて、これは母の好物であった。あまり煮すぎると、衣のようにヒラヒラひらめいている部分がちぢかんでしまうし、味がひからびる。そとは熱にあって、まだ内部はすっかり煮えきっていないのが、食べごろである。葱のうまみも、焼豆腐のかしこさも、牛肉のすきやきの時とはちがった趣をみせる。

いつか、食事どきをはずれてのぞいた天ぷらやさんで、あるじが、おいしそうにかき雑《ぞう》炊《すい》を食べているのをみた。いつもは、まき海老《えび》ばかり揚げてもらって食べるのだけれど、まっ白の粥《かゆ》の中に灰いろのかきの粒、まっ青なほうれん草が、あんまり美しかったので、ねだって食べさせてもらった。大きなどんぶりの鉢に、六分の一ほどいれてくれたのを両手にあったため、ふうふうと食べたうれしさ。

「ごめんなさい。今日は天ぷらよりも豪華なごちそうをしてもらったわ」と大はしゃぎで帰った。

茶碗むしに二、三個いれても、お雑煮や、おうどんにすこし入れるのも、風味を増す。広島でいただいた樽いっぱいの見事なかきを、途中で横道にそれているうちに新鮮度を失わせた残念な思い出もある。

私の好きなポタージュは、かきのはいったもの。少女のころは、よく自分でクリスマスの料理をつくって、お友だちを招いたものだが、今はそのひまもない。ずいぶん外食をする機会はあるのに、ほんとに気に入ったポタージュにあうことは少ない。乏しい海外での旅の間も、これは、といきをのむような、おいしいポタージュにはあい得なかった。かといって、自分ひとりの口をよろこばせるために、労力と時間をつかうのが、もったいなくなっている。

姪に「いちど、かきのポタージュをつくってみせてくれなくては」と言われながら、つくらなくなって久しい。もう成人に達した姪や甥たちを集めて、私のポタージュをもてなす日もあるだろう。やがて吉報がもたらされ、婚約のお祝いでもできる日がくればと、若い人たちのよき出発を待っているところだ。

雛の膳

打合せや、録音の仕事に来られた方がたに、お雛《ひな》さまの模様のついた、小さなお茶碗やお皿で、ひとくち、お菓子がわりの赤飯をもてなしました。

独身、既婚、中年などの、年齢や環境の違いを別にして、そのお膳の可愛らしさに、涙ぐむような感動を見せられたのは、かえって男性のほうに多く、それにはこちらがおどろいてしまいました。

ままごとは女の子のもの、あまり、男の子は、愛らしいものを楽しまないのだと、勝手に決めていましたので。

「こんな生活ぶりははじめて見ます。これは大阪のしきたりですか」

などといわれると困ってしまって、こういう楽しみをすることが、生きる目的ではないこと。大阪のしきたりではなく、ただ自分の生活の一つであること。こういうことをかえりみもしないで理想にむかって努力するのが当然ですけれど、その努力の一方で、ちょっとした季節のよろこびを大切にしたいと願っていること、などをお話ししました。

古い古いお雛さま用のお茶碗やおわんなどの残っていることに、急に豊かなうれしさを感じたのです。

うるおい

この間、わざわざ手作りのお料理を持ってきてくださったお友だちがありました。その方の仲良しに、心をこめてすがすがしい料理をつくる方がいらしって、練炭《れんたん》の上で、ことこと煮ふくめたというりんご、とうがらしとレモンを散らしたかぶらの菊の花など、見ただけでも美しい料理の花たばです。

「材料は皆、安いものばかりで……だから百円料理です」

などといわれるのですが、どうしてどうして、そのこまやかな風味、甘すぎず、行き届いた味は、絶品といいたいほどの味わいでした。

材料代にかかわらない心づくし。この、おいしいものを届けようとして、心をこめて作ってくださった人、そしてそれを運んでくださった人へのありがたさを、しみじみいただきました。そして、経済の力だけではできない、人間の尊さを味わいました。

亡くなったわたしの母も、経済的にどん底におちた貧しさの最中でも、少しでも人においしいものを食べさせたいと、熱中する人でした。

ありあわせの乏しい材料で、たとえひと品でも気のきいた、心のこもった料理をつくって、それをすすめていかにも満足そうだった母の、おからや、千切り大根の味が、口に残っています。

小さなひとくちおむすびのそばに、庭の草や、花を飾ってもてなしをする母でした。母があの、何もなかった戦中戦後、そしてその次に見舞った破産の貧乏のなかにも、ちっとも心のうるおいを失わずに、生き生きと純真な心で生きてきたことの基本に、料理への愛と、人さまにふるまうことの好きな気性があるのでした。

あんなに人にごちそうすることが好きだった母は、きっとあの世でも、飢えの苦しみだけはしていないでしょう。

貧しくても人をうるおわせる、おいしい料理を届けてくださる心が、ありがたいのです。

干しうどん

思いがけなく、秋田県の荷札のついた細長い小包みが配達されました。それは、まるでひやむぎのように薄い、繊細な干しうどんの束でした。寛文五年の創業と申しますから、三百年の歴史をもつ、秋田の手打ち干しうどんでした。

見るからに清らかで、美しい干しうどん。

小さな束を、一つ一つ、こよりでまとめてあるのにも、心のこもった手づくりの製品への愛着と誇りが輝いています。東北の風土の中で、先祖代々、品質第一を守って、たいせつに作られてきたものなのでしょう。

ちょうど、ごはんの切れたところへ、不意のお客さまだったので、さっそくゆでてみました。むし暑い日でしたので、吸《すい》かげんのおすましも、冷たくひやして、ひや汁仕立てにしましたが、「なんともいえない気持のよいおうどんですね」とよろこばれました。

安いおうどんの玉だと思って買ったら、ひと玉が小さくなっていたり、おなかのくだるような、インスタントの製品が古くなったまま売られていたり、日々、ほんとうに安心して食べられないものがありすぎます。

このように、自分の人間としての誠実を打ちこんで作られた品は、干しうどんにも頭の下がる気品がみなぎっているのです。

このおうどんを口にすることのできた幸福感を味わいながら、わたしも幸福感を人に与えることのできる人間になりたい、いい仕事をしたいと思わないではいられませんでした。

夜中のお餅

このごろは、小さな人たちが遊びにきても、あまりお餅《もち》には魅力を感じないようです。暮についたお餅は、まだ二十個ほど余っていて、なかなか、その二十個がはけません。かびてきてからは水餅にして、毎日、水を新しくかえているのですが。

ときどき、夜中まで原稿を書いていて、ふっとおなかのすいたのに気がつきます。そんなとき火鉢やストーブの火で、こうばしく焼いて、塩茶で食べたり、醤油《しょうゆ》をつけて海苔《のり》巻《まき》にしたりします。

その時のおなかの状態によっては、白みそ仕立てのお雑煮にしたり、清汁《すまし》雑煮にしてみたり。

あまいものをよく食べていたころは、家でつくった小豆餡《あずきあん》で、亀山やおぜんざいを楽しんだものでしたが、このごろは背骨の変型のため、カルシウムを失う砂糖が禁物なのです。

ふと思いついて、やわらかく湯煮したお餅に、はちみつと、レモンをかけてみました。

なんだかちょっと、なじめない気がしますが、あと味は、さらっとした感じです。

やはり、日本人の体臭にまでなっているといわれる醤油《しょうゆ》が、いちばんさっぱりとして飽きのこないものですね。

醤油だけの小皿に、白餅をおしつけるとき、醤油がいかにも美しい紫に見えるのにおどろきます。その別名を紫というのも当然でした。

あと幾日でお餅がすっかりなくなるのかしらと、それも寒《かん》の夜のもの思いです。

梅干

美しい梅干をいただくことができました。

よくこえた青梅の実を洗って、まず塩漬けにし、やがて紫蘇《しそ》の葉をもんで鮮烈な紅《べに》に漬けこむ楽しさ。

その面倒をいとって、市場にでている梅干を買ってくると、あまりに貧しい味がするので、さびしくなってしまいます。

なんとなく気分が重いとき、熱いお茶に梅干をおとしてすすると、しゃんとした気持になりますし、食欲のない日のおむすびの芯に、ひとかけらの紅梅《べにうめ》を包みこむのが安らかな味です。

ガラスのびんに、見るからに自然の紅の清らかさをにじませて並んでいる手製の梅干をもらって、これで来年まで大丈夫……と、ほっとした気になるのです。

自分で梅を漬けなくなって何年になるでしょうか、その手数をよく知っているだけに、うまく漬けられた手製の梅干を惜しみなく下さる人の豊かな気持にうたれます。その梅干の力で、一年に何回ものからだのおとろえを助けることができます。

ふだんは、かえって邪魔物扱いにしていることがありますが、いざというと安心してすがってゆける点、知恵深い老人のようにありがたいのです。

美しいお茶

木の芽でんがく

山椒《さんしょ》の芽を摘《つ》んで、それを香りにしておいしく食べるということは、誰が、思いついたのであろう。ともかく、植物の芽、というもののすばらしさは、毎年、あらためて息をのむほどである。

春、ものの芽の芽ぐむころになると、まず、その幹が、うるおいをもって光りはじめる。そして、小さな小さなふくらみが、妖しく、みるみるふくらんで、いのちの芽が匂い伸びるのである。花も、もちろん人の心を慰め、たのしませてくれる美しいものであるけれど、わたしは、あえぎながら生きつづけているうちに、花よりも芽、草の芽や、葉の芽に、どんなにか大きな光りを感じた。

木の芽どき……は、いわば憂欝の季節。

人の心に明暗が激しくなり、動揺や、絶望や、有頂天を誘いだす。弱い心では、この感情の振幅に、神経を弱めもする。少女のころ、なんとない愁い、今から思えば、時代の暗さ、不健康のむなしさ、人の心のたのみがたなさのような孤独感だと思うが、そのような憂欝の日々、ふと、雨上りの庭にでて、芽ぶいてきたばかりの若い木の芽を摘んで、その匂いに元気づけられたことがあった。

たくさんの木があるのに、山椒の木の若芽だけを、木の芽とよぶのは、木の芽全体を代表してよいだけの、香ぐわしさ、おいしさ、美しさを備えているからなのであろう。

まだ、わずかしかのびてきていない間は、

「うちの木の芽は、まだ摘まないでね。そっとしておいてね」

と、大事に大事にする。植木市にでかけると、必ず山椒の苗木を買ってきていたが、いつも、待ちかねて摘んでは、育てきれなかった。ほんとうに家に、山椒の木が一本あるとよい。

春いっせいのやわ芽を食べるのはもちろんのこと、つぎつぎと芽ぶく新芽をみつけては、すましに沈めたり、盛り合わせに飾ったりできる。飾りであるとともに、おいしく食べてしまえて、香りが余韻にのこる木の芽が、いつでも摘めると思うと、ゆたかな心持ちがする。だが、それだけの木を育てようと思ったら、植えて三年ほどは、心を強くして摘まないでおきたい。

やわらかな若い木の芽は、葉の中軸まで、きれいにすりこなすことができる。白みそに合わせて、若みどりのうまみそをつくり、串で焼いた焼豆腐やこんにゃく、茄子《なす》や椎茸《しいたけ》につけて食べる。

昔は、季節になると、どこのお豆腐やさんでも、店で木の芽でんがくを作って売ったものらしい。わたしは、そういう、町のお豆腐屋さんのでんがくを知らない。

けれど、わたしが長い微熱に苦しんだあげく、海岸の療養所に入院していた娘のころ、母は見舞いにくるたびに、わたしの好きな店のでんがくを持ってきてくれた。

ある天ぷら店で母といっしょに食べた可愛らしいでんがくが、すっかり気に入っていた。朱塗の蓋をした繊細な器に、二又《ふたまた》になった竹の串がついて、ひとくちにはいってしまう、可憐な姿であった。風情も、味もよかった。母は、療養所を訪れるたびに、その店に寄って、えびの天ぷらや、でんがくを求めてきた。それを火鉢の火で焼き焼き食べた。よろこんで食べるわたしの顔をみることが、母のよろこびであったのだろう。どのようにか娘の病気に苦労したことであろう。

経済的にも、父への気づかいにも、たいへんだっただろうに、心ゆくまで大切にしてくれた母。やさしい顔で見守っていたその母の表情を、こう書いていてさえ、涙とともに思いだす。

母の運んでくれたでんがくの串は、大切にしまっておいた。退院して、やがて元気に台所をするようになった時、不意の客や、父のお酒の肴に、あのしゃれたでんがくの呼吸で作った。

「こいさん、いきなことしやはりますねんな」

という酒客に、父も母もご機嫌であった。赤みその方には、ごまをすっていれ、白みそは木の芽であった。木の芽ばかりはもったいないとか、香が強すぎるとかで、ほうれん草を木の芽にまぜる方法もあるけれど、わたしには、ほろ苦い木の芽の風味が、よいのだった。

母が、家族のおばんざいのひとつにつくる時は、茄子《なす》でも豆腐でもこんにゃくでも、ずいぶん大きかった。それは、あつあつのうちに、たっぷり、ごはんのおかずで食べるのだ。

やがて、京に住むようになってからは、賀茂茄子の大きなでんがくをよく作る。家庭では串にさしてコンロでやく人は、もうあまりないのではないか。フライパンに油をおとして焼き、おみそをかけた上に、さらに木の芽をのせておく。

奥丹の湯豆腐にでてくる木の芽でんがくも、わたしの愛するでんがくで、これは、小さめなのに、うんと串が長い。火で焼いた味がして、長い串からじかに口にすると、素朴な、昔のでんがくがよみがえってくる思いである。

簡単だけれども、ほんとうにおいしく食べるためには、心をこめて作らなければ、でんがくは、すぐ冷えてしまう。冷えたでんがくは、もはやでんがくではない。あつあつ焼きたてのでんがくを、唇をやきながら食べるのが、母のでんがくなのだ。

柿の葉ずし

梅雨《つゆ》になった。ことしは、これまで味わったことがないほど肌ざむい初夏である。異様な暖かさで、桜の花々が例年よりずっと早く満開になった春とは対照的だ。夜は何枚かふとんを重ねなければ眠りにくい。晩霜《おそじも》をおそれて、日よけすだれがかけられていた宇治の茶畑の風景を思い出す。いつまでも上がらぬ気温のためであろう。ことし萌え出た木々の若緑が、今も初々しい早緑《さみどり》のままだ。

この間、柿若葉を入れた封筒が、朝の郵便箱に恵まれていた。昨年の秋、紅葉しかけた柿の葉で、たった十個ほどの柿の葉ずしをつくってみた。それが楽しかったので「来年、柿若葉を少し下さいませんか」と庭に大きな柿の木を持っておられる方に頼んだ。その方のお心づくしである。

一枚一枚、よく洗った。大きな葉もあるが、卵ほどの幼い葉が多い。こんなかわいい葉では、とてもおすしを包み込むことができない。

「しまった」

いらぬことを願ってしまった。あんなことを言わなければ、この幼い葉が、むしりとられはしなかったろうにと心が痛む。ぬれふきんに包んで冷蔵庫に入れ、ときどきひらいて、その幼い葉の照りを眺めた。

ほんものの柿の葉ずしも、まもなく味わえた。毎年、吉野の藤井家から一家中でつくられた柿の葉ずしが、すし桶につめられたまま届けられる。このすし桶が座敷でひらかれると、家中むんむんと柿の葉の濃い香りにむせぶ。今年でもう五回目。梅雨どきは食欲がなくて弱るのだが、このおすしには思わず目が輝く。ことしは葉があんまりやわらかなので、ついその葉まで食べてしまった。苦みは全然ない。

「この柿の葉は、薬剤をまいていない葉ですから大丈夫ですよ」

と保証される。大和は柿どころ。その柿の木に、白い消毒薬がよくつけられているからだ。

なめらかに光る柿若葉に、塩さばの身をのせたすしごはんを包むのは、美しい思いつきだ。一年に一度、お祭りには必ず柿の葉ずしをつくって食べたという吉野の先人たちを味でしのぶ。

海から遠くはなれた吉野では、熊野灘のさばを山越しで運んだ。よほど塩をきつくしないと、たちまち腐る道中だったろう。男たちは、ふんだんにある清らかな柿若葉を摘んだ。貴重な塩さばを薄くそぎ、白米のすしごはんをつくる時、女たちの心は、どんなにか、いそいそとはずんだことだろう。一晩、十分な重石《おもし》を置いてしっかりと漬ける。柿の葉の香りと精気が移り、さばの塩気もよくこなれたすしは、なんともいえずおいしい。このうまさは、やはり商品にはない。


昔から梅雨の雨は毒だといって、ぬれることを忌んだ。今は空気や水が毒され、食べるもの、触れるもの、すべてが毒を含む。みすみす自分も毒化しているが、ノイローゼにならぬためか、われわれはけっこう毒となれ合い、毒をつくった原因をあいまいにして日々を送っている。沖縄八重山《やえやま》では、またしてもひでりが続き断水しているという。こわばりきしむ人間関係。天災人災。自縄自縛。

できるだけ、思うことを行動に移し、雨を避けずに雨の中を歩こうと思う。雨期の間に、予定や宿題にしている仕事を、積極的に片づけるのもよい。いくら「遊ぶのが美徳なんですよ」と言われても、遊びや無為で、心の晴れる瞬間はめったにない。自己充実を感じる一瞬が、何より欲しい。

以前は雨期の観光客が少なかった。雨の日を選んで、ふだんは人のこむ名所や寺院に出かけた。美術館、博物館、図書館も、雨の日はいい雰囲気である。雨の静けさは、無言の雪とはまったくちがう。降りつもる思いよりも、流れしぶく心だ。石をぬらして石を生かせ、こけに染みいって、こけを青々させる雨。

すいれんや花しょうぶ、あじさいや花ざくろなど、雨の中に咲きつぐ好もしい花々がある。雨期の花は、強い光線にさらされるよりも、雨にうたれる風情のほうが美しい。それは一見弱い姿のように見えるかもしれないが、むしろ強い姿だと言えよう。三つ葉、雪の下、どくだみなど、白いこまやかな草の花々も雨に冴える。緑がまず鮮やかになるので、いっそう花の色が引き立つ。

何年か前、「雨の浄瑠璃寺《じょうるりじ》」というテレビの取材に参加した。カラーへの配慮で、うす紫の雨ゴート、紫の蛇の目傘《じゃめがさ》としゃれてみたのに、あいにく本番直前から雨が晴れ上がってしまった。雨足を待って、待って、結局、翌日出直したが、この日は雨どころか、かんかんに照り。ついに「若葉の日傘」となった。「せっかくの苦心が水のあわね」とスタッフにからかわれて、笑ってしまった。雨期ゆえの企画だったのに、さてという時に雨が降らない。皮肉なものだ。

毎日降りつづく雨に、雨音を聞きながら机に向かっていると、雨と語らっているような気分になる。

人間にとって自然とは、人間どうしよりも直截《ちょくせつ》な対話の対象なのだ。そして自分がはたから心配されていることも忘れて、「あの人がさびしい思いをしていないかしら」などと、孤独の友の身を思いやる。おしやっていた情愛が、ふとよみがえる雨音でもある。

夏の献立

「お刺身《さしみ》はどうも気味が悪い」という声を聞いた。日本のお刺身をいやがるのは、外国人かと思っていたが、そうではなかった。生粋《きっすい》の京都人である。水俣病の発覚からこちら、「無塩もの」刺身を恐怖する人も多くなったことと思われる。いまや料理は、恐怖なしには語れない。悲惨な現世の現実だ。

こわいけれど、食べずには生きていられない。そのお刺身の苦手な男性も「鱧《はも》の落しなら」と言われる。鱧がおいしくなるのは夏祭りごろから。関東には鱧がないとかで、昔、鱧について書いた原稿をはもとは読んでもらえなかったことがある。

骨切りした鱧をさっと湯に落して、適温に冷やす。白い花びらのような身が美しい。酢《す》味噌《みそ》や梅肉酢、わたしはレモンをしぼった生姜醤油《しょうがじょうゆ》で食べる。鱧はあっさりとして、しつこさがない。照焼、白焼、おつゆ……。鱧料理では「堺万」の名が高い。ここの鱧ずしは、夏中の楽しみである。

それから魚《うお》ぞうめん。こしこしと新鮮な魚の身でつくったそうめんは、柚《ゆず》の香の浮くたれをかける。魚ぞうめんそのものに、しっかりと濃い味があるので、たれは薄味にする。たれにそれぞれのくふうが加わる。

賀茂茄子《なす》を知らない遠隔の地からの客人に、賀茂茄子の田楽をもてなすと、「こんな大きな茄子」と驚かれる。そしてひとくち食べてみて、その果肉の軟らかで、こまやかな味なのに感嘆される。うちでは赤味噌《みそ》を使うこともあるが、生姜《しょうが》をしぼりこんだ白味噌。白だと砂糖やみりんは少しでよい。赤にすると白の時よりもやや甘みを増してねる。赤味噌にはごまをいって加えることもある。つまり、真冬のふろふきの味噌に似ている。

ふろふきの大根や蕪《かぶ》のかわりに、丸い賀茂茄子を半分に切って使う田楽である。上下二つに輪切りにした茄子を水にはなってあくを抜き、ふきんでよく水気をとっておく。早く火が通るように、中央に十字を入れる。多い目の油を熱して片面ずつ焼く。

紫の皮がつやつやと光って美しい。溶けるように軟らかい。そのあつあつに味噌をのせて、木の芽か柚をのせる。

「また賀茂茄子を食べに行きたい」

などと礼状が来る。

わたし自身、はじめて京に住むようになった新参者だった。それまでの神戸にくらべて、牛肉や魚のよくないのに落胆したものの、野菜のすばらしさには目を見張った。それに、豆腐、生湯葉《なまゆば》、生麩《なまふ》など、神戸では味わえなかった繊細な味であった。野菜も土着の品は、濃い味で一律化するのが惜しいような、こまやかなうま味を備えていた。

京の夏は、やりきれないほど暑い。冷房の苦手なわたしなど、家中に身の置き場がない思いをする。けれど、暑い時には暑さを楽しむのが、いちばん身体によく、気持のいい過ごし方だろう。暑い日に、舌をやくほど熱い味噌しるや田楽。その間には、ひいやり冷たく口あたりのいい鱧《はも》ちりや魚ぞうめんなども、献立に入れて喜ぶ。

かんじんの土が、失われたり変質したり。農作の実状が変わって、土着の野菜がぐんぐん少なくなってきた。京らしさは薄くなる一方だと思われるが、なお、がんこに古風を守る人びともある。灼熱の午後が、やがてたそがれはじめると、京の町は息を吹き返す。鴨川の床《ゆか》（川原につくられた桟敷）が賑《にぎ》わう。

後片づけとひやごはん

仕事と治療との合い間に少し時間があると、民芸の店をのぞく。人間がすっかり機械量産の生活に馴れ、自分で手間ひまかける面倒をいとうようになってから、逆に民芸ブームが起った。失われゆく人間性を呼び戻すかのごとき愛惜の念が、手仕事への傾倒となった。

だが、何でもかんでも手仕事でさえあれば……という風潮は、真の立派な手仕事の世界を、ひどくかき乱した。手仕事といっても、うんと手抜きをした「らしきもの」が幅をきかせた。それを求める者は、手仕事の作品さえ身近に置けば、自分の内容が豊かになるような錯覚をもった。

自分自身を刻々に手作りにする丹精を忘れて、他からの作品で容易に満足感をもとうとした。長い歳月を、黙々と困難な精進に生き抜いてきた人びとからみれば、誠にうつろなブームであったのではないだろうか。

昔からみれば一般的に仕事が荒くなった感じがある。しかし、初心を生かし丹精こめてつくりあげられた立派な民衆の生活用品がある。本物の木や竹や、紙や土、それに繊維など、天然に備わる素材の力が尊い。必要な品がなくても、別に求めなくても、人に幸福感をもたらせる作品にめぐり合いたい……。

古くからある箱膳を見つけた。この箱のなかに、めいめいのお茶碗と湯呑、箸箱を収めていた。積みあげられた箱膳のうちから自分のをおろして、そそくさと食事を済ませていた店の人たちの様子を、今でも思い浮かべることができる。

「ぬくごはんを向うに出しなさい」と、父が母に言ったことがある。どうしてもできる残りごはんが店の人の方に置かれ、家族の食卓に温かなぬくごはんがよそわれた。働く人たちの間にぬくごはんのおひつを置くようにと、父が気をつけたのだ。

いつも母を泣かせて威張っていた父、よそにも家庭をもっていた父に対して素直な心のもてなかったわたくしだが、「こんな父は好きだな」と思う。奉公のつらさを知る男の心遣いであったろう。

「食後の後片づけが好きだ」と書いてあったが、ほんとうか――。そういった読後感をよこされた方がある。

また「ひやごはんをちょうだい」というわたくしに、お手伝いの女性が「こちらにぬくごはんを食べさせようと思って気を遣ってるんでしょう」と言って、信用されなかったこともある。

決して気を遣っているのではなく、また、てらっているのでもない。

器を美しく洗う後片づけの気持ち良さ、ひやごはんは、ひやごはんなりのうまみ。

わたくしにとっては、どちらも大切な人生の味なのだ。

ピロシキ

少人数の暮しむきなのに、おいしいものをよくいただく。そのたびに、忙しい。おいしいものは、できるだけ多くの人とわけ合ってよばれたいからだ。

ちょうど客人があると、来合わせた方がたに、「これはどこの」「これはかしこの」などと、故事来歴を申しのべて、いっしょに味わってもらう。

時には、「せめて最後の一口は自分で食べ納めて……」と楽しんでいたのに、その分まですっかりもてなしてしまって、「あらら、残念」などと口いやしい、はしたなさを暴露する滑稽もある。

人は口福《こうふく》に素直である。

このごろはすっかり便利になり、簡単に口を満たすことができる。ところが案外に、本当においしいものは少ない。錯覚に歪《ゆが》められた食生活なので、「おいしいなあ」としみじみ人に言わせるためには、手塩のかかった、心のこもった努力が必要である。

おいしいものをいただくたびに、

「客人がたとよろこんでいただきますわ。たくさんのよろこびが、お宅の方へゆらいでゆきますよ」

とお礼を言わずにはいられない。

家だけではとてもさばき切れないと思うと、出入りの方がたやご近所、知人に助けていただく。そのさばきをするために、仕事が中断されたり、疲労が増したりする。

おいしいものがあっても平気でそれを見過ごすことができたら、棄てることになっても平気なのだったら、もっと時間が浮くのに。余分な気遣いをしなくてもすむのに。

どうも、この性分は、生まれつきのもの、母ゆずりのものらしい。自分のおいしいと感激するものが、果たして人さまの感動に価するものかどうかわからないのに、いささか、悪女の深情《ふかなさけ》的な性分だといえよう。

ピロシキのことを思いだした。

あれは、一九五三年の春。当時、人の女房であったわたくしは、ある集まりでたいそうおいしいピロシキをよばれた。長年ハルビンにおられたモダンな奥様のお宅で、ボルシチ

もすてきなお味だった。帰るとき、

「あんまりおいしいので、このピロシキをすこしいただくことはできませんか」

と、頼んだ。「まあ、旦那さまへのおみやげ」、そうだった。いっしょに暮している人にも食べさせたかった。大切にいただいて帰った。

その夜、わたくしの七年続いた生活には重大な結論がでた。世間智にさとい男と、逆にまったく世にうとい女と。

人は、持ち重りのする女房が、しんどくなっていたのであろう。花にも雲にもよろこぶ女は、そのよろこびを蔑《さげす》まれては、うつろな咳をしていた。若い女人がそばにいてくれて、もうわたくしがいなくても、人に何の不自由もなかった。

一年ほど前から申し出ていた「破産した実家へ帰らせてもらいたい」というわたくしの願いが、この夜の話し合いで「明日帰ってもよい」と許された。弱った女房をこの上この家に置いといて、寝たきりにでもなられたら困るという計算が、ようやく人に打ち切りの決意をさせたのだ。

翌日、わたくしは二階の窓の人に手を振って、どん底の実家へ戻った。そして翌日から寝ついてしまった。母にさえ、ほとんど辛さを語っていなかったし、とくべつ人目に立つ喧嘩をしたわけではなかったから、この離別は、周囲の人にとっては寝耳に水であった。いっしょに暮しているかぎり、人のことを他に告げたくなかった。おいしいものは、最後まで、わけ合ってよばれたかった。わたくしは、とてもその在りようにさびしい思いをしていたけれども、かといって人が不幸になればいいとは思えなかった。

約一カ月経って、破婚の荷物がその家を出ようとする間ぎわに、ピロシキの夫人が花束をもってたずねてこられたらしい。事情を聞いて、

「まあ、あんなにピロシキをよろこんでおみやげになさったのに……」

と、びっくりされていたそうだ。

トラックの運転手さんが、ことづかった花束も、荷物とともにのせてきてくれた。ぴんく色の春の花束であった。

春の貝

厳寒の海、ひたむきに雪の降りこむ暗い冬の海を思うと、春は夢のようである。微笑のようなやわらぎが、海面に漂う。

透明な海中にさし入る日の光りが、水の色を明るませ、海藻を浮きたたせる。現在では、清らかな浜がたいそう少なくなってしまったけれども、浜辺近くの岩礁や砂地、藻場などに息づく美しい生きものたちが、きよぎよと、人の思いによみがえる。

長い長い海岸線をもつ、この列島の風土。

亜寒帯から亜熱帯まで、そのたどりゆく海岸線のわずかなへだたりにも、気象や景観の大きな差異がみられる。

どういう海流のふしぎか、水温のちがい、また、陸の地勢のちがいなども、磯の生態を微妙にかえるらしい。

われわれも、かつては海から生まれでた生命体であったときく。どれほど多様な、複雑な秘儀が、大海中に沈んでいるかを思う。磯の香りは、一種の郷愁だ。土地独特の知恵によって、磯釣《いそづり》する姿を見ると、さわやかなよろこびが湧く。

大阪の町っ子であったわたくしは、磯釣はもとより潮干狩《しおひがり》さえ、あまり縁がなかった。昔は大阪湾でも、潮干狩のできる浜辺が多かったのに、その頃はからだが弱く、さて、というと、胸いたむへどろの海となっていた。

ただ、匂やかな貝類は、大好きだった。ぶくぶく蓋を持ちあげて泡をふくさざえの壺、新鮮な身がぬめっているあわびは、身をはずした片貝を飽かず眺めた。幼い者の目に、光にかぎろう貝の虹は、いかにも妖しくきらびやかに映った。

さざえは、こんぺい糖のように角ぐんでいる殻を、何とか火鉢の金網の上に安定させて、焼く。「さざえの壺焼」の屋台には、ふつふつ煮えたつおだしの匂いがしているが、家で焼く時は、ほんのすこしお醤油《しょうゆ》をそそぐだけ。自然の塩気とおつゆが、いちばんおいしい。海藻を食べて育つというさざえのほろ苦いきもは好きだが、このごろはあまり安心して食べられなくなった。不幸な時代だ。

潮岬のおいしいあわびステーキできこえた店の主人は、甘美な声の歌い手だった。「輸入あわびですよ」とはっきり客に告げる気性が、かえって気持よかった。夜釣の人か、きつりつする岩島に何人もの人影が佇《た》っていた。豪快な波しぶきにきたえられた南紀のあわびは、さぞ凛々《りり》しい味だろう。

あさり、しじみ、そしてはまぐり。

貝は太古からの人のいとなみを思い起させる。

道具らしい道具とて持たず、舟らしい舟とて作れなかった頃の先祖たちは、木の実や貝を採って食べていた。石を運んで魚たちを誘いこむくふうをしてみたかもしれない。貝は、そのままでも食べられる風味豊かな食べもの。もし、火を使うことができたなら、その汁は今も同じ、香り高いご馳走である。

各所にうずたかく残っている貝塚は、貝のいのちをしたたか吸いこんで暮した人間の、貝への密接な甘えのあとだ。当時の人びとには、磯づたいの漁しかできなかった。浅い浜辺に呼吸する貝、岩場にくいついている貝を、どんなに頼みとしていたろう。

貝殻は、さまざまな役に立つ。

『竹取物語』をはじめとする王朝文学には、匙《さじ》のことが「かい」と発音されている。貝殻を匙として用いたからだ。

今だって、貝殻に柄をつけた匙は、たくさん作られている。いろんなものを、さまざまに手を加えて食べるようになった今日、尊い磯の文化、磯のご恩を忘れているのではないか。多くの磯辺を埋めたてて工場と化した戦後の暮しは、海を平気でよごすようになってしまった。

美しいお茶

若葉は、まこと若緑の炎。いのちの照りいでる清らかな光にみちている。

なかでも、お茶の若葉は美しい。一番早く萌《も》えでた若葉を手で摘んで、まっ青に蒸す。

そして何度も、手でもんで、貴重薬にも似たすばらしいお茶を生みだす。

十数年前、摘み手の女人といっしょに、お茶畑を歩かせてもらった。まろい曲線を描くお茶の木栽培の丘、そして石灰を産する地から流れてきたという谷川。よいお茶が育つはず……と、環境のうるわしさに感動した。

お茶の葉は、何といっても人の手で摘むのがいい。けれど、二番茶からさきは、大ばさみで葉を刈ってゆくこともある。冷たい霜の害を防ごうと葭簀《よしず》のおおいのかけられた一画もあった。雨の日、風の日、炎天の日などは、なかなかきびしい労働だろう。

谷川は、アルカリ性を含んだいいお水で、生産者ご自慢のお茶を、その水で何杯もよばれた。

お茶の質、水の質、そして温度。お茶のいれかたによって、「こんなにちがうものか」と思った。香り高く気高いお茶の余韻が、いつまでものどにのこっていた。

あの環境は、今でも同じように清らかであろうか。虫がつかぬよう、したたかに農薬がかけられているから「お茶は危険だ」と聞いたことがある。また、旨味《うまみ》を添えるため化学調味料がはいっていると聞いたこともある。お茶の葉も、あの谷の川水も、大丈夫かな。つらい思いだ。

毎年、ほとんど同じ日に新茶の一缶を送ってくださる方が何人かおいでになる。おかげで、五月に亡くなった母の命日には、新茶が供えられる。この頃の若い人びとは、日本茶よりコーヒーや紅茶の方が好きなのだそうだ。けれど、洗練された和菓子には、何といっても、日本茶がほしい。

この頃は「産地」を言わないで「無農薬」の誇りにみちた純茶をいただく。幸いなことに、親しい女性たちは、みんなお茶が好きで、それも、上等の玉露や煎茶を、しっくりといれるお人が多い。

「まあ、お茶いっぱい」

と、客人自らが勝手にとりだして、うす青く澄んだお茶をいれてくださる。一煎、二煎。こちらは「もっと、もっと」と、催促しておればいい。

ときどき、棄てるのがもったいないほどきれいな緑色の葉が、急須の中で開いていると、ふと、枝についていた萌えだちの葉を思いだす。この世の風に手をさしのべて、ようやく伸びてきたばっかりの若葉であった。あの幼い葉の全身のエキスを、いま吸わせてもらったのだ。

上茶とはちがって気安いほうじ茶や、番茶には、緊張がやわらぐ。長い間、番茶を知らずにいた。吉野で番茶のお粥《かゆ》をよばれてから、すっかり番茶が気に入った。おいしい番茶を探してきて、わが家でも茶粥をたく。お茶漬にも用いる。

秋、お茶の木には小さな白い花が咲く。芯の黄に白い五弁の花びら。豊かな梅にも似た花なのに、ひっそりとうつむいて濃緑の葉蔭に咲いている。目立たないが、心にやさしさをよび起す花の一つだ。

中国では、さまざまな種類のお茶がたのしまれているとか。日本茶も、もとは中国から学んだものだ。「これが茶の木」と知らされて見直せば、各地に野生の茶の木が在ったことだろう。

『浮生六記《うきよのさが》』の女主人公、芸は、一つまみの茶の葉をいれた絹袋を蓮の花に抱かせた。そうした蓮茶には及ぼずとも、せめて茉梨花《まつりか》茶のように、花もろとものお茶として、茶の花をたのしむことはできないだろうか。

茶の花の香りは高くないかもしれないが、花を浮かべたお茶はうれしい。

仙なるわさび

幼い時は、あまり、わさびと親しまなかった。幼い者にとって、きつすぎる香辛料だったからであろうか。虚弱児だったからであろうか。

身が虹色に光る新しいお刺身《さしみ》をもわさびを使わず、玉子の黄身にまぶして食べさせられた記憶がある。

おすしも、散らしずしや、海苔巻《のりまき》、箱ずしなどが子どもむきで、時たま、握りずしを前にすると、お魚の身をはがして、わさびをとりのぞいていた。

だから、「わさびには、五月、白い可憐な花が咲く。蟹《かに》が鋏《はさみ》をかざしてその花を摘んで食べる」といった内容の、大久保恒次氏の御文章を読むまで、わさびに積極的な関心を持たなかった。わさびが清澄な水のゆるやかに動きつづける谷や沢に生えること、わさびの白い花が食べられることなどを、この時初めて知った。蟹の可愛さが心に残った。

市場であきなわれているわさびには、二、三枚の葉がついている。やわらかな芽の部分をもすりおろして、湯葉《ゆば》のつまみあげなどにのせる。生わさびは高価だけれど、わさびでなくてはならないうまみがある。

わさびの香りは、しんとするどい。小さい根ながら風雪に耐えた巨木のようなごつごつした形だ。

「一度、わさびの花の咲いているところを見たいなあ、できるならば蟹にあやかって、わたくしも花を食べてみたいなあ」

と思いつづけた。

ところが、都心に住む者にはなかなか、わさびの花が見られない。

以前、『御伽草子《おとぎぞうし》』の「あたらし村の物くさ太郎」伝承地をたずねて、信州松本へでかけた。その帰り、北上して、山裾にひろがるわさび沢のたたずまいを見ることができた。が、花は咲いていなかった。

わさびは、日本土着の薬草といえるだろう。いささかの濁りも許さない清麗の水、流れ動く冷気の水に、つねに洗われて、濃緑の葉を茂らせている。しかも、するどく、きびしい香りと辛味とが、人の気に一瞬の刺戟を与え、生ぐさい食べものの臭を去って、そのものの真味をひきだす。いわば、仙に似た存在だ。

仕事で見えた京都市庁の若い男性が、「うちのすぐそばの溝川に、野生のわさびがたくさんできているんです」とおっしゃった時、「その花をぜひ」とお願いした。京都市内とはいっても、北へはいると、雪害に苦しむ北国と同じ環境である。清冽《せいれつ》な山水がさわさわ流れているそうだ。

このようにしてようやく、昨年の春、わさびの花と「ご対面」。わさびに花がついた時、忘れないで届けて下さったその方のおかげである。しおらしい白い小花に、胸がときめいた。思いをこめて、花いちりんを口に含んだ。それは、すがすがしく、あとにほのかにわさびの香りをとどめた。

竹籠にわさびの花を活け、客人ごとに、わさびの花をご馳走した。お刺身には、大根や、うどなどのつまに加えて、わさびの若い葉と、白い花をも添えた。

「なんと、結構なもんでございますなあ」

しみじみとした声で、その一口の余韻《よいん》をたのしむ客人もあった。さわやかでおいしいわさびは、その花も、葉も、まことに「結構なもの」だ。

栽培わさびは、根の成育のために、花茎をとりのぞいてしまうのだと聞いた。こんなすばらしい花をむざむざ棄てるなんて、もったいないこと。

一度、たんのうするくらいにわさびの花を食べさせてもらって、わが心身にふりつもった汚染を清めたい。

遠いわかさぎ

もう、何十年も前のこと、何かの集りのあと、一団がお茶屋さんへと流れた。十余人もの大勢が、夜もやや更けてからの「飲み直し」。美しい女人たちが、出たり入ったりして艶な雰囲気であった。

「何もありませんが」と女将《おかみ》さんのすすめられる膳に、二尾の干物があった。はじめて見る魚である。小鮎《こあゆ》くらいの大きさで、銀箔仕立てのような清らかな干物だ。

これが、たいそうおいしかった。たちまち食べてしまって、あさましくも「もっとほしい」と催促した。北海道の太平洋岸でとれるという「ししゃも」の名と味とを覚えた記憶である。その夜、おいしさに魅惑されて、厚かましくもお代りした干魚が、手に入れ難く高価なものであると後に知って、ひとり赤面した。当夜の主催者は、さぞおどろかれたことだろう。

ほんのすこし場所が変るだけで、土地の地質や気候がちがい、したがって生産される野菜や果物が異なる。それは、水産物の場合も同じことだ。淡水の鮎や、海水のしゃもと近い汽水の魚だとのことだけれど、関西では、わかさぎを見たり味わったりする機会が少ない。

わかさぎという美しい名の魚は、また、あまさぎだの、さくらうおだのといった別名をもつ。北日本が原産地で、関東の湖沼へ移殖されて生育したものとか。冬の凍りついた湖面のあちこちに穴をあけて、そこからわかさぎ釣りをたのしむ。

冬も凍らぬ関西の水温には、むかない魚なのであろうか。底泥になじむ性のわかさぎに、湖異変の影響が案じられる。

昔、春先の湖には、横広の白帆にいっぱいの風をうけた帆曳き舟が何艘も出て、わかさぎ漁の風物詩をかなでていた。水も青かった。その漁法は、もうほとんど姿を消したらしい。七月から十二月まで、北浦にのみ残っているという帆曳き網漁の写真を見ると、いつまでも帆曳き舟を大切にしている漁《すなどりびと》人の心意気が、美しい帆にこもっているようだ。

戦争中、やがて前線へ配属されるであろう航空隊の次兄をたずねて、残りの兄妹三人が東上した。今から思えば、うんと暗く、ずっと静かだった銀座を歩いた。物心ついて以来、兄妹四人がそろって行動した最初の最後ではなかったかと思う。四つずつ年のちがう四人なので、長兄と末っ子のわたくしとでは十二年の間隔があった。子どもの頃の年齢のちがいは大きい。ようやく、四人が同じことについて話し合えるようになった時、戦争がみんなの運命を変えた。

兄妹のなかではもっとも賢明で、忍耐強い性格だった次兄は、わたくしが長兄や姉に反発する時も、黙って微笑して見守っていた。次兄が千葉の飛行学校にいる期間、時折美しい紙や布などが、銀座の老舗《しにせ》からわたくしに送られてきた。発信者の無記名なところに、わたくしはすぐ、次兄の心づくしを感じた。

親しい天麩羅《てんぷら》の老舗の店先へ並んだ四人兄妹は、つぎつぎと揚げられる天麩羅を口に運んだ。あつあつの小魚を、「これは何？」とたずねて、「わかさぎだよ」と教えられた。あっさりとおいしかった。塩焼きや煮びたしもいい。

生きとし生けるものは、すべて死ぬが、人が生きている間は、必ず他の生けるものを食べなければ生きてゆけない。大魚の一尾も、小魚の一尾も、同じひとつの生命体であることを思うと、小魚の目に刺される思いを持つけれど、それだけ大切に骨までよばれている。

次兄は、その後一年も経たぬうちに戦死した。

霊菌　椎茸

山へはいっていった人が、大蛇の寝そべっているのを見た。太い蛇は、いちめんの鱗《うろこ》に包まれて、いかにも恐ろしげに見えた。しかし、それはよく見ると、朽ちて倒れた木に、椎茸《しいたけ》が生えているのだった。

幼い頃、童話か民話かで聞いたことのある点景が、思いだされる。深い山奥の山気にひたされながら、こわごわ歩いている時、こうした木を見たとしたら、誰だって大蛇の動くかとおびえたにちがいない。この国の風土では、あまり巨大な蛇はいないのだけれども。

このように、おのずと天地の精をうけて生えいでた椎茸の風味や、霊妙なその作用を思うと、「さぞ、すばらしいやろな」と目が細まる。ときどき、朝鮮半島に自生したものだという貴重な干《ほし》椎茸をいただく。その繊細な形、色の濃さ、そして香りの高さ。いかにも霊茸といった格をみせていて、使うのが惜しまれるほどだ。

人工栽培の歴史は三百年余りとか。

戦後、急に栽培が普及した。自家栽培の大きな椎茸を籠に入れてくださるお家、小さな兄妹が一メートル余りのほだ木を運んできて「とれたてをどうぞ」といわれたこともある。ほんのしばらく見ないうちに、ぷっと立派な椎茸があらわれていて、かさを撫《な》でたくなる。可愛さあまって……、初々しいのを摘みとって供え、結局、食べてしまう。

裏ひだのまっ白な生《なま》椎茸を、さっと火にあぶると、こうばしい香りがたつ。レモンと塩とをふりかけると、いくらでも口にはいる。けずりがつおと、お醤油《しょうゆ》をかけるのもよい。バター焼き、天ぷら、おつゆ、椎茸ごはんなど、何にしてもおいしい。

ただ、煮ふくめるには、干椎茸のほうがうまみも香りも深い。小さな頃は、椎茸の匂いが好きではなかった。あまり甘辛く煮てあったせいもあるだろう。戦争中に、乾物のありがたさを思い知り、干椎茸を活用するようになった。椎茸の千切りと、笹がきごぼうとをよくいためて味をつけ、ばらずしの具とした。魚はもとより玉子も、すだれ麩《ふ》も、お高野《こや》も思うようには手に入らなかった時代、それだけでもじゅうぶんであった。

この頃は機械的な乾燥で、ばりばりに乾燥しきったものがある。だが、カルシウム分と、ビタミンD豊かな椎茸の持つエルゴステリンというすぐれた成分は、天日にあてて乾燥させると、もっとも効果的に機能するそうだ。太陽の光が、ふしぎな力を倍加させる。

椎茸菌の根づき芽ばえる木々は、楢《なら》、櫟《くぬぎ》、栗《くり》、椎《しい》、四手《しで》などの類に属する広葉樹の枯木。その母木が良質で、菌も優秀だと、味わいが細やかで歯ぎれのよい清浄高士といった風の椎茸が得られる。

春子《はるご》、夏子《なつご》、秋子《あきご》、冬子《ふゆご》。

まるで、四季に咲く姉妹のように、どんどん生まれてくる椎茸が、制ガンによい影響をもつとも聞く。まだまだ若く、いい仕事をしてもらいたい人びとが、みすみす死の手にさらわれてゆく。一日も早く、ガンの治癒《ちゆ》可能な時代としたい。その一つの鍵が、ありふれた椎茸に備わっているのならば、うれしい。

「気の萎《な》えた時、体力の衰えた時、このお粥《かゆ》を毎日おあがりなさい」

そう教えてもらったのは、椎茸のお粥だ。あつあつもよく、冷たいのもいい。

干椎茸を戻して、ごくごく細く刻む。水気をしぼった刻み椎茸を、ごま油でよくいためる。それをふつうの粥仕立ての鍋《なべ》へ加えて、塩味で仕上げる。椎茸とごま油の匂いとあまみ。飽きのこない結構なお粥で、食欲のない日々をどんなにか助けてもらった。

水墨大根

まだ残暑のきびしかった頃、町を歩いていて、ふと、「お大根のたいたん」が食べたくなった。そう思うと、あたりにことこと煮こむ大根の匂いが漂うようで、さしもの烈日もかげるような趣きとなった。

なぜ急にあんな気分が起ったのだろう。われながら理解に苦しむ。ふだんとはちがった気分が、ふっとあらわれたり消えたりするのは誰しものこと。でも、いますこし詩的な幻覚を感じるならともかく、たき大根の匂いと味が、三十度をこす日中に思い浮かぶなんて、あんまり夢が無さ過ぎる。

でも、こうしたひととき、物心ついてこの方の人生の折節に、いろいろな暮しの形のなかで味わった思いが重ねて感じられる。

わたくしは今、京という静かなイメージの町なかで、濁った空気を吸い、騒音に疲れている。濃い人間の渦のなかで、人をなつかしみながらも人を警戒している。今を大切に暮していながら、未来がありうるとは信じていない。

わたくし自身、人間として大切にしたいと考えている人情を、まず自分が失っている。何とか向上したいという意志が、往々に萎《な》えがちである。もとより、急速に脳細胞は滅し去るのみ。「知」らしきものなんて、消え消えだ。

その自覚が、言いしれぬ悲しみとなって、無意識の内に、官能的な安らぎを求めているのではないか。いわば幼い頃から抱かれて育った母の腕のような、子守唄のハミングのような、旧知の、熟知の、「お大根の味」。

香水の香りで人は育たない。

物を煮る匂い、焼く匂い。今は、簡単に換気扇で台所の匂いを戸外へ放ってしまえるけれど、やはり匂いが、物のたけぐあい、焼けぐあい、味加減などをたしかめる一つのバロメーターである。こうした生活の匂いがあるからこそ、香水がその時を得ると、佳香となりうる。台所での香水は邪魔物でしかない。

大根という滋味あふれる美しい根菜は、生のまますりおろしたり、刻んでなますにしたり、刺身《さしみ》のつま、味噌《みそ》汁の実、お漬物、それにふろふきなど、何にしても、すがすがしくありがたい存在だ。きめ細やかで、白くつややかな肌、葉のさわやかな香りと緑。大根を三、四センチもの分厚さに切って、だしじゃこと厚揚げでたいたものと、大根おろしとは、毎日でも飽きない。また干大根をもどして薄揚げと煮たのもおいしい。こういうおばんざいを作る家が少なくなったそうだ。

時には油揚げをやめて、濃くとったこぶだしのなかで輪切りの大根をゆっくりとたき、天塩《あましお》と薄口醤油《しょうゆ》、お酒をすこし加えた程度の味をつけておく。淡彩も淡彩、まるで水墨画のような境地のたき大根だが、これは気持がいい。

コロッケやハンバーグなどの皿といっしょに、こうした薄味大根の鉢を置いておくと、小さな人たちにも、かえって口あたりよく思われるらしい。「これは、何ですか」などと聞く小さな客人は、おつゆもちゃんと飲んでいる。甘みは加えていないのに、甘さがひきだされている。

大勢の客人がある時は、たっぷりとこの水墨的淡彩煮をも作っておいて、よく味のしみこんだのを冷たいまま、朱塗の大鉢につみ重ね、澄んだおつゆもはっておく。好評で、いつのまにか、「楽しみよ」という声が増えた。

もとより、その滋味は、味つけにあるのではなく、豊かなお土で大切に育てられた大根手間をかけて土を養い、清らかな大根を作ってくださる方あればこそ。おのずからのうまみが、繰り返し身にしむ味の素材にある。すばらしい大根に、生き難さが慰められる。子守唄となる。

春迎え酒

三十歳というかがやかしい年齢の年の暮、わたくしは神戸の東灘《ひがしなだ》へ住みついた。破婚は、自分の女としての星を疑わせるもの。少女の頃あこがれていた年齢なのが、むしろ佗びしかった。

住吉の浜に近い住まいから、ある酒造会社の建物がよく見えた。灘は、日本酒の名産地の一つ。ちょうど老舗《しにせ》が競って清酒の仕込みをする季節だった。

寒《かん》の夜、机を離れて縁側にたつと、夜目にも黒くそそりたつ建物の窓から、ふやふやと白い煙がなびきでていた。粒よりの吟味したお米、良質ときこえた宮水《みやみず》。熱気と麹《こうじ》の匂いとがたちこめている酒造りの真最中なのであろう。白煙は、まるで生まれでるお酒の吐息のように思われた。

今では製法がさらに機械化されて、あの、暗闇の戸外にもれていた白い吐息は見られないかもしれない。人さまに語りえぬ思いを胸に、こちらも闇にため息をついていた。でも、わたくしは、どんなに辛く苦しくても、それをお酒でまぎらわせようとはしなかった。決して意志が強かったからではない。まぎらわせても原因は消えないのだし、ただでさえ弱いわがからだを、これ以上害《そこ》ねて苦しみたくなかったからである。

エチルアルコール分を含む酒類には、醸造酒、蒸溜酒、混成酒、合成酒など、その造りかたや材料のちがいによって、多種多様な飲物がある。世界各地の酒、その味わいかた、よろこびかたもさまざまだろう。人間がこうした芸術的な美酒を造りだす以前には、自然酒とでもいうべき天然の酒が、天地の気象、植物、動物の生態などのなかで、はぐくまれていたのにちがいない。猿酒ばかりか、ビールをよろこぶ猪《いのしし》がいたり、お酒を飲むカラスがいたりするそうだ。

地酒には、土地の風土と人の情《じょう》とが溶けこんでいる。その土地で生まれた地酒の重さが心をひらく。季節や目的、体質や気分によって飲みたいものが異なる。好み酒ができるのも、一つの出逢いだ。

清酒は江戸時代に精製されたものだときくが、濁《にご》り酒は古き遠つ世からの人びとのよろこびだった。丹後国「奈具社《なぐやしろ》」の天女伝承（『風土記』）によると、羽衣を奪われた天女は老夫婦の児とされ、一杯飲むと万の病が癒《い》えるほどすばらしい酒を醸《かも》したとある。渡来した人びとの技術を伝える姿が、うかがえるようだ。

また、わたくしは、盃という小さな器のもつ宇宙が好きだ。ろくに飲めもしないのに、大小いろんな盃が集った。半年ほど前、桜の灰で、辰砂《しんしゃ》がまるで花びらのようなぴんく色に焼けた灰陶《かいとう》の盃を恵まれた。お酒を入れると、いっそう綺麗である。

先日、久しぶりに沖縄へ飛んだ時、新島正子《にいじままさこ》先生のお宅でごちそうになった。お心のこもった琉球料理は、天下の味。「まずクースを」と、秘蔵の古酒《こしゅ》が注がれた。泡盛は米が原料である。南蛮がめに長く貯えられた泡盛の古酒は、亜熱帯の烈しい精気と香気とに、凛《りん》と澄んでいた。民話で読んだ、木の化身キジムナーからすばらしいクースをすすめられた鮫殿《さめどん》になったような気がした。

お料理にも各種の酒類がみごとな効果を添える。お酒でいえば、わが家ではお酒を料理に加える時には「酒塩《さかしお》」と呼んできた。お酒を足すと、おつゆも煮物も、味を深める。芯のあったごはんまでが、お酒をふりかけてむすと、ふっくらとむせた。洋風料理にはワインやブランデーがこくをつける。泡盛と調味料だけで煮こんだ豚料理ラフティは、とろけるほどおいしい。

無農薬米と純良な山水とで、杜氏《とうじ》さんたちが手作りされたという東北の神仙酒をもらった。最初のひとくちは頼りないほどやわらかいが、これが利く。じっくりと深く、酔いが身に染む。

青竹の酒器にみたしての「春迎え酒」。

「お元気で迎春おめでとう」

と、客人をことほぐ。

寒夜の凍豆腐

東大寺の結解《けつげ》料理。

どういう幸運か、まだ上司《かみつかさ》海雲《かいうん》師がご存命だった東大寺で、伝承のこのお料理をちょうだいする機会に恵まれた。

男性二人の給仕人の静かで折目正しいお給仕は、美しかった。そしてどなたの調理になるのか、酢味噌和《すみそあ》え、お汁、小豆餅《あずきもち》、おそうめんその他、一つ一つの味が、まことに素直で、しかもおいしかった。

とくに、わたくしが「なんとも結構なお味」だと思ったのは、高野《こうや》豆腐——東大寺の献立表によれば「氷豆腐」——の煮たものだった。

根来《ねごろ》だったか朱塗だったか、古びたお重《じゅう》につめて運ばれた凍豆腐が、給仕人によって客膳へ配られる。ほとんど醤油《しょうゆ》色のつかない仄《ほの》白い煮方で、甘辛くなく、かといってもちろん浅くはなく、ていねいにたいてあった。「こんなにおいしくなるものか」と、感動した。

一座の司馬遼太郎、入江泰吉、小清水卓二、須田剋太《すだこくた》各氏は存じ上げている方がただったが、池波正太郎氏は、この日初めてお目にかかったばかりだった。食通としても世にきこえた池波氏は、この日のことを記された文章の中に、
凍豆腐の煮たものがはこばれたとき、

「おいしいですなあ」

「われわれはもう、こういうもののほうがいいですねえ」

と、列席者がこもごもに放った讃嘆の声を紹介していらっしゃる。

蝋燭《ろうそく》の火明《ほあか》りだけでよばれた寒夜の宴。凍豆腐というと、あのひとときの浄福が思いだされた。

ぬるま湯にひたすだけで、やわらかくもどるようになったのは、割に近年のこと。昔は凍豆腐を煮るには、何よりも充分にやわらかく、白水が出なくなるまでもどすことが肝要だった。お鍋《なべ》の木蓋をつかって、何度も何度もお湯をかえた。重曹《じゅうそう》の入れかたが良くなかったか、部分的にふくれてとろけてしまい、どうしようもなかった時がある。

高野山の宿房でも、さすがに本場、おいしい凍豆腐が供される。高野豆腐の名のように、

もとは高野山の冷えこみを活用して作られたものだそうだ。

きめ細かくやわらかな凍豆腐を作るには、まずきめ細かくやわらかなお豆腐作りが大切だ。ふつうの木綿豆腐では、かたくなるという。お豆腐を小型に切り、それを寒冷の外気にあてて、一夜で凍結させる。そして、乾《ほ》す。

いまは工場の冷凍室や乾燥室で作られているが、なお、天然の冷気にさらす昔の手順をそのままに製造している山村もある。藁《わら》をなって干した高野豆腐は、「昔ながら」の風趣にあふれている。すこしかたいようでも、なつかしい味だ。

巻ずしの芯《しん》には長細く、散らしずしには刻み高野。そして、たき合わせにはさまざまな形に。

植物性蛋白質の豊かな凍豆腐は、日本料理の大きな柱だ。湯葉《ゆば》や豆腐とともに、ありがたい食品である。

何でもそうだけれど、人によって、はっきりとその味がちがう。「おこやが食べたいの」と頼んで、たいてもらったことが何回もある。自分でも、たく。

節分の招福丸かぶりずしを作るために煮た凍豆腐が、やや、結解の時の味に近いように思われたが、時として甘すぎ、時として辛すぎ、なかなかうまくいかない。

味には性格がでる。あくを脱しきった凍豆腐を、しかもしみじみゆったりと煮た味が好もしい。形をくずさぬよう底の平らな鍋を使い、たっぷりの煮汁で、心安らかに煮るか。遠い昔からの伝承を「食物によりもむしろ味つけに」感じられたという池波氏の指摘には、共感した。

精進に徹した昔の僧房の調理は、物の真味をひきだしていたのだ。

葛の根っこ

良質の葛粉《くずこ》を得るには、葛の良い根っこが要る。何でも、そういうことだと思う。けれどそれが、なかなか得がたい。

たくさんの澱粉《でんぷん》を集めることが目的なのだったら、たとえ繊維の多い根っこでもいい。多く採集すれば間に合う。しかし、繊維の多い根は、ただ澱粉が少ないだけではなく、その澱粉に（たしかに澱粉にはちがいないが）ふっくらした風合いというか、あったかい気品というか、そういう味わいが少ないのではないだろうか。

秋の七草にうたいあげられた紫の葛の花、風にひるがえる葛の葉なども、立派な根からは豊かな花が咲くものと思われる。自生力、繁殖力の強い植物なので、山野から葛が消えることはあるまい。古来、風雅、文学の賞美《しょうび》のみならず、薬用、食用にと、人間の暮しをうるおしつづけてきた。

「葛の根が無くなるとは思えないのですが、それを折らずにうまく掘り起せる職人さんが少なくなるので」

以前、吉野・大宇陀《おおうだ》町の黒川重太郎氏方で、純な葛粉の作りかたを見せてもらった。

その時、細長い長薯《ながいも》（山芋）に似た葛の根は、一メートルほど地下にのびている、それを底まで、すっくり掘り起さなくてはならないのだと教えられた。上部三分の一には澱粉がなく、棄てなくてはならないとのこと。

折れたところからにじみ出る白い汁で、質の良否がわかるという。ていねいに採り集めた良い根っこを機械で圧し砕く。綿のようにほぐしたのを水で洗って澱粉質をためる。一昼夜、桶に沈澱させて不純物をとりさる。何度もこうしてアクやゴミをとりのぞいて純度を高める。

できるだけ冷たい水でさらすほうがよいので、葛作りは冬季の仕事である。

同じ葛でも、こうもちがうかと思われるほど、その材料や製法で味がちがう。粗悪な商品の中には、葛とはちがう澱粉を、葛と称しているのがあるようだ。

おなじみ漢方「葛根湯《かっこんとう》」は、風邪にも下痢にもいい。いや、おそらくは何にでもいい薬だ。葛を使った食べものが、人の心を安らがせるのは、その天与の成分のたまものである。

寒い日は、葛びきのかぶらむしや、鶏卵《けいらん》うどん。

梅見には、わらび餅《もち》がわりの葛餅。

葛まんじゅうは夏のもので、井戸水にちょっとひやして食べたものだが、葛は冷蔵庫に入れると、こわばってよくない。まま夏、とびきり熱い瓜類の葛びき仕立ても後味がいい。他のものがのどに通りにくい病人さんに、よく、祇園「鍵善《かぎぜん》」の葛切りをわけてもらって届ける。わたくし自身、葛切りを食べると心身の欝屈《うっくつ》が、さらっと流れる思いをもつ。けれどせっかく持参しても、すぐ口に入れてもらえなければ、時間が経つにつれて白く硬く変って、まずくなる。

いつか、大鍋に湯をわかせて、浅く平たい鉄鍋に溶かした葛水を入れて湯煎《ゆせん》した。白濁していた液が七、八分透き通ってきた時、さっと熱湯に漬けてくぐらせると、すっかり透明になる。それを細長く切って、蜜につけてすすった。「うちでも葛切りができる……」とご機嫌だったが、第一回はまぐれ当りで、なかなか老舗《しにせ》の作品のようにうまくゆくものではない。

沖縄の黒砂糖を卵の白身であくぬきして、冷たい蜜にしておく。

中には白蜜の好きな人、蜂蜜でないといやという人、ところてんのようにお酢でという人もある。

奈良県国栖《くず》を主産地としてきた長い歴史をしのぶ時、吉野へ逃げこんだ古代の皇子たちや鎌倉時代の武将、中世の天皇など、いずれも、醇乎《じゅんこ》たる吉野葛でさびしい気力を補ったことだろうと思う。

古人に通う素朴な味、葛湯《くずゆ》を作って、とろりとろりと飲む。みるみるおなかがぬくもってゆく。このおだやかな葛湯には、酒毒をも溶かす力があるのだそうだ。

繊細な京野菜

京野菜は、京住まいのよろこびの一つだ。大阪に生まれ育ち、神戸で十年を過したあと、京へ移ってきた。海にひらかれた大阪や神戸では、新鮮な海の魚に恵まれていた。神戸は、また牛肉もおいしかった。

ところが、京へきて驚いた。「何とおいしいものか」と、一口一口のどにしみ入るような、きめの細かなうまみを持つ野菜があった。それまでも、野菜は好きだったが、こちらの味覚が熟さなかったのか、あるいは、年齢的な変化のせいか、牛肉や魚のうまみに感歎するほどの味わいを、それまで野菜に感じた記憶がなかった。

住みはじめた場所が、嵯峨野《さがの》の鳴滝《なるたき》だったのも、幸運の一つだったろう。当時の鳴滝は、まだ田畑が多かった。毎朝、リヤカーに採りたての野菜を積んでまわってみえる老翁があった。まったく耳のきこえない方で、隠居の身ながら自分の畑を楽しみに働き、収穫した野菜を持ってまわられるのだった。

　鳴滝の三年間、この方のおかげで、野菜というものの醍醐味《だいごみ》を味わうことができた。大根、かぶ、葱《ねぎ》、人参《にんじん》、壬生菜《みぶな》、畑菜、うまい菜、胡瓜《きゅうり》、茄子《なす》、ごぼう、豌豆《えんどう》、空豆《そらまめ》、トマトその他、たけのこ以外の野菜は、季節に順応して素直に育ったものが味わえた。はじめは、牛肉や海の魚でないと馳走したような気にならなかった者が、いつとはなしに、京野菜の料理を得々として客人にもてなすようになっていた。

　地勢も、地質も、各地に独自の特色がある。京盆地は肥沃な土に恵まれた地域だ。周辺の山裾は乾燥地帯、そして中央部から西南部にかけては、低湿地帯。都会だけに有機質を多く含んでいるのだろうか、しかも、豊かな水流や伏流水《ふくりゅうすい》が流れている。

　同じ植物でも、違う土地に植えると、別の形や質となってしまう場合がある。鳴滝は、近くの了徳寺で、親鸞《しんらん》聖人ゆかりの大根焚《だ》きが行われるほどの大根の里。

「四十年前の種子が出てきたので作ってみた」という老翁の「理想大根」は、いかにも大根らしい大根の風味だった。いささか角を含んだ長い長い細大根で、品格があった。

　次に暮した北白川住まいの八年、それから現在の出雲路と、この間《かん》、毎日のように感激しつづけている。これは、京の市中に、農耕地が生きているからだ。そして、高く売れる土地をあえて手離さずに、泥にまみれて伝統の野菜を作る方があるからだ。

上賀茂の農家の若く美しい女性が、いまご恩になっている野菜の作り主だ。駐車場を持ち、夫なる人はお勤め。生活に困らない。

「土を生かそうと売ろうと、あんたの思う通りにしなさい」

と、結婚したばかりの時、夫の母から実権をすべて譲られたそうだ。嫁姑の険悪な話からは遠い、明るいお家の空気だ。お互いによくできた二人の女性といえるだろう。

「お姑さんに一から教えてもらって」鍬《くわ》をふるい、水を撒《ま》いた。たっつけをはいた上に三《み》幅《はば》前掛をしめる賀茂女人の風俗も身についた。もう十余年、三人のお子の母となりつつ、なお、土を棄てないで、つぎつぎといとおしんで野菜が作られる。農作業は日にやけて黒くなったり、しみが出たりする。寒い時、しんどい時もある。ファッショナブルな都会の女人には、つらい仕事かもしれない。

「何べん、止めようと思うたかわかりません。それでも、『お宅の野菜はおいしいなあ』言うてもらうのがうれしいて」、また、土にしがみつくとか。

「苗半作と申しまして、苗のうちに半分はできてしまうんです。自分の子どもに対する教育が反省させられます。子どもでも小さい間に人間の半分、基礎が作られてしまいます。

そのことを、苗が直接教えてくれます」

土も、手入れによっていかようにも変化する。日本の土は深く掘り返せば掘り返すほど豊かな力を備える。堆肥《たいひ》で養われた土の作物は、やわらかく、滋味が深い。土も作物も、作る人の人柄を反映するから、おろそかにはできない。それは、人作り、人生作り、人間界作りと重なる。

この女人の領する畑をたずねて、艶やかな黒紫の実をつけた賀茂茄子の木を見た。賀茂茄子は緻密な肉質で、皮までやわらかい。大きな実を半分に切った賀茂茄子の田楽《でんがく》は「地《じ》いもん」（土地で作られたもの）に限る。

料理屋さんあたりは、それぞれ農家と契約して作ってもらうのだろう。この頃は、錦《にしき》小路でも賀茂茄子の置かれている店は二、三軒ではないか。賀茂茄子に似た大茄子を、いつか一度買ってきた。まったく味気なかった。

この畑では中型の山科《やましな》茄子をも作っていらっしゃった。山科茄子は美味できこえているけれど、収穫量が少ない。量産をねらう農家と、安さをよろこぶ消費者とのはざまで、消え消えとなっていた茄子である。賀茂でみのった山科茄子を、大切にどぶ漬にしたり、煮たりしてよばれる。焼き茄子は、こうばしい。

すぐきはお盆の頃に植えて、たちまちのびる芽が間《ま》びきされる。何回もひかれる間びき菜のおひたしやごま和《あ》えのおいしいこと。八瀬《やせ》や大原でも、すぐき畑が多い。すぐきの根は、もったいないほど厚く皮をむいて漬けこまれる。すぐき漬や、かぶらの千枚漬は京の名産だが、各家で味がちがう。塩加減や温度調節などの呼吸によるものか。天秤圧《てんびんお》しの大樽が並んだ農家は、絶好の上賀茂秋景だ。

文化の基盤は、土の力である。そしてお水だ。各地から都に集ってきた多くの人びとをまかなうに足りた地下水。近在の土から生まれたうるわしい野菜が、薄味に調理され、洗練を重ねた。

乙訓《おとくに》のたけのこを白く煮て、木の芽をたっぷりとふりかけてもてなしたら、関東や東北の方から「味が薄くて甘くて京の味は食べたような気がしない」と言われた。大根、かぶらの持味の甘さも、人の目をまるくさせる。みすみす味を濃くするにはしのびないうまみなのだ。

この繊細な京野菜も、いつまで伝統を保ち得るか。環境の激変や汚染の実情。京野菜の消滅は京文化の破壊にひとしいのだが。

春は白魚

白魚

ひらめ、さわら、あなご、ほうぼう、えびなどなど、大小の魚が並んだ台の一隅に、白《しら》魚《うお》ものっかっていた。そこだけふっと色が消えて、ひそとした気配だった。

どこの海か。どこの湖川か。卵が熟してくると、おなかが仄紅《ほのべに》をみせるけれど、今日のは、まだ、九センチほどのひきしまった形。ほっそりと透き通っている。小さな黒目だけが、キラと光って、こちらを見ていた。白魚のせつないばかり清らかな目。

白魚は、しらうお科。おどりぐいで知られるしろうおは白魚と似てはいるが、はぜ科なのだそうだ。

くせのない白魚を生かすには、あっさりした味がいい。ゆがいて、おろし大根をそえ柚《ゆ》子酢《ず》とお醤油《しょうゆ》で。おすましにも卵とじのほしい時と、いっそ白魚だけの、さわやかなおつゆがうれしい時とがある。菜の花、ブロッコリー、芹《せり》などが合う。

紅花《べにばな》の実をしぼった油で、軽く揚げた。おいしくて、揚げるはしから食べてしまった。早春の食卓……。

飯蛸

幼い頃は、甘いもののとりこになっていたのか、虫歯の子だった。ものがかみにくかった。けれど、食卓に蛸《たこ》がのると、うれしかった。

食風習は、土地土地の個性だ。蛸の形を悪魔とおそれ、気味悪がって食べない国があるときく。その悪魔が、わが好物である。

ふつう、蛸は夏がいちばんおいしくなる時期だという。酢やお醤油《しょうゆ》ばかりでなく、蛸ずしや、天ぷら、甘煮《うまに》、何でもいい。

とくに、春の使者のように、小さな飯蛸《いいだこ》があらわれると、なんだかなつかしい。

昔、家長の前にだけたくさん料理の並んだ夕食時、末っ子は父の膝へのぼって、膳を物色した。ごはん粒ほどの白い卵をいっぱい胴につめた飯蛸の一鉢を見つけると、一きれを口に入れてもらえるまで、酒くさい父の息をがまんして待っていた。

「今日のんは飯《いい》がよう詰まってますな」とか「なんや貧弱に痩せてること」などと、おとなたちは毎年同じ言葉で、飯の詰まりかたを品評していた。

豊かにはりつめた卵は上等の糯米《もちごめ》のように、むちむちとおいしい。木の芽をたっぷりとかけて、めずらしくも父をしのぶ。

さより

新鮮なさよりは、美しい。細長い小刀のような全身を、ぎらぎらかがやかせている。銀色、青色、その透き通った身を細づくりにして、匂いすみれの花一輪。わさびの花を添えるのもいい。

くせらしいくせのない、清らかな風味だから、おつゆ、塩焼き、ころもの少ない天ぷらもさわやかだ。何にしても重たくはない。それが、花冷えに似た一種の清冽《せいれつ》さを感じさせる。

魚ヘンに春と書くのがさわらなので、いったい、さよりとはどんな文字なのだろう。そう思っていた。

魚ヘンに、箴《しん》と書くのが鱵《さより》。むつかしい字だった。箴とは、細い意味で、針にも通じる由。

さよりの下あごが、まるで針のようにするどくのびているところから名づけられたものらしい。

箴言といえば、胸にこたえる真理の言葉。さよりのように透明な箴言をあこがれて、この混濁から面《おもて》をあげたい。

冷たいお酒をふくむ間に、さよりのにぎりずしを、二つつまんだ。

たけのこごはん

お米を、もったいないお米を、ちょうだいした。東北からは、ささにしき。丹後と、近江からは、こしひかり。

パンよりも、お米のほうが低カロリーなのだそうだ。わたくしは、パンも、めんるいも、お米も好き。たくさんはいただけないので、その分、毒性の少ないものを、おいしくよばれたい。

ご苦労な有機農法で、ていねいに作られたお米は、もち米のようなもち味《み》をもつ。「ごはんは結構です」と辞退される客人に、「ひとくちでも」と、せっかくの純真米をよそったら、「あ、これは」と、お代わりされた。

戦争中、まざりものなしのごはんを、純綿といってよろこんだのを思いだす。当時は農薬害がなかった。ふくふくとした、あの香りがする。

たけのこは、やがて終わり。ごはんにするには、どうしてもなまの香りが要る。どんなに便利でも、缶詰やびん詰のたけのこでは、たけのこごはんが成りたたない。

昔は鶏肉や油揚げを刻んで入れたり、胡麻油を一さじたらしたりしたが、この頃は、あっさりと、たけのことお米の持ち味のみをよろこぶ。

蓬　粥

食用野菜を栽培する方法を知らなかった昔から、自然の野草は食用に薬用に人を養い、獣や鳥を支えてきた。厄除け行事に必ず添えられる蓬草《よもぎ》は、とくに偉大な野草である。蓬は「善燃草《よもぎ》の義」(『大言海』)だとか。古来、燃草《もぐさ》として灸《きゅう》治療に大きな力を発揮してきた。

わが体験を語ると、よきもぐさはきめが細かく、香りがよかった。もぐさの燃える匂いが、まず精神を鎮め、気分を安らかにしてくれるような気がする。

初々しくもえでてきた蓬の葉は、草餅《もち》や草だんご、わが家では草白玉《しらたま》などにもする。

一年中やわらかな新芽を摘むことのできる沖縄では、蓬粥《よもぎがゆ》がたのしみだ。お米に、よく洗ってアクぬきした蓬、そして丸ごとゆでて小さくあられに切った豚の三枚肉をまぜる。豚とかつおのだしで、塩、醤油《しょうゆ》味に煮た雑炊だが、硬い変わりごはんとしてたくフーチバー（蓬）ジューシィもある。

毒をくだし、邪気を払う蓬はありがたい。近くの歩道から一つまみの蓬を得て、肉なしの蓬粥をつくる。時には、だしをいれない草粥とする。

夏はそうめん

鮎

十センチ余りに成長した鮎が、ひゅんひゅん、瀬をさかのぼる姿を見た。人間の寸法におきかえるならば、何十階かのビルの屋上へとびあがるのにひとしい見事な飛翔だ。すごい。「清流に魚住まず」なんて、この鮎には通用しない。清流でなければ、それも、流れの速い川でなければ、鮎らしさが感じられない。

川が病めば、魚は変形する。

解禁を待ちかねて釣ったという若鮎が、バケツの水に放たれていた。石や瀬の多い谷川で、敏捷に泳いでいたであろう天然鮎の背は、一枚の柳の葉によく似ている。ぽってりふとった養殖鮎に馴れた目が、はっとするほど、涼しげな細鮎だった。

現在は、すべてに「ほんとうのもの」が、わかりにくくなった。本来の真姿がどういうものか、よく知らないで、人工的に変形させられたものを、それ、としている場合が多い。人間も、いまは人為的に変質させられたものとなっているようだ。天然鮎のように清冽な香りは、どこへいったか。

そうめん

虫づかないで年をこした手のべの古そうめんがある。若いのが良いとばかりはいえない。いい条件で歳月を経たのは、それが力となっている。しなやかな腰、りんとした張り。うれしくて、冷や汁仕立てや、つけ汁、味噌《みそ》のにゅうめん、熱い清汁《すまし》など、幾通りにもたのしむ。ほどいた束を、くっつかないようさっとオイルでいためて、上から、くずとろみのおつゆをかけることもある。白身の魚の塩焼きや、薄味の煮付けを合わせたり、天ぷらに添えたりもする。

昔、大阪の夏祭りといえば、鱧《はも》のつけ焼きや蛸《たこ》の酢のものといっしょに、必ず冷やそうめんの鉢がでたもの。ずいぶんいろんな味を知っているわけだけれど、今だに「も一度」と感動しているのが、東大寺の結解《けつげ》料理だ。

煮椎茸《しいたけ》、錦糸卵《きんし》といった具は、何にもない。給仕人は、客の椀に適度にゆがいたそうめんを盛りつけ、別の器の熱いおつゆを注いでゆかれる。それだけ。

それが、おいしかった。厚かましかったけれど、おかわりをした。さつま芋の天ぷら、あん餅《もち》、おそうめんといったふしぎな献立にお酒だった。

そうめんは唐菓子《から》から生まれたのか。夏にふさわしく涼やかな風趣である。

蓮供養

例年ならぬ激雨のうちに迎えた、異常の夏日。

そんな中でも、きちんと、蓮《はす》の花が咲き盛る。

近くの植物園の池には、いちめん、白や紅の蓮の花が開き、蕾もまだ、たくさんついていた。池のぐるりを歩くと、ふとした風が、さやさや、さやさや。なんともいえない、品のいい香りをのせてくる。

あるいは浄土の余香かと、風下に立ちどまって池を眺めていた。

二十年ほど前、あるお寺で蓮飯《はすめし》をよばれて以来、旧の盂蘭盆《うらぼん》になるのを心待ちする。その頃には、仏前への供物をのせるため必要な蓮の葉が、町の花店で売りだされるからだ。

若い緑の巻き芽を刻んで塩でもみ、塩味のごはんにまぜた匂やかな蓮飯。絹ばりの蓮の広葉に、まだあったかな蓮飯が包みこまれていた思い出は、いかにも簡素で、しかも風格の高い、盆供養《くよう》の膳であった。故人への追善供養は当然ながら、生きにくい世の只今を生きている人びとと「よろこび合いたい」思いが募る。

美しい蓮の葉を大小何枚も冷蔵しておく。お菓子や、お刺身《さしみ》、煮物、ごはん類など、何でも思いついたものをのせたり、包んだりして生身を供養する。

粟餅

昨秋、訪れた沖縄の八重山《やえやま》で、粟《あわ》をまぜたごはんをよばれた。鮮やかな黄のごはんと、新しい貝やお魚。また、別のお家から「おみやげに」と粟の袋を二つも、もらった。当時、島々では「からだにいい」と、粟の常食がすすめられているらしかった。

良質の粟は、なかなか貴重な高価なもの。

小豆《あずき》ごはんの時、残った小豆を餡《あん》につくり、塩水を振りながら蒸した粟を添えて食べる。オオアワ、コアワ、ともにウルチとモチの二種がある。子どもの頃、小鳥の餌《えさ》にしたのはどちらの粟だったのだろう。

いつか、千本釈迦堂で、昔の物売り風俗の再現を見た。縁日や、繁華街で、小さな臼《うす》や杵《きね》をつかい、拍子面白く粟餅《もち》をつき、餡や、黄粉《きなこ》をまぶして商った粟餅売り。味覚と芸能は密着していた。

軽く軟らかな粟餅は、時間がたつと硬くなる。つくりたてがおいしい。

『古事記』では大気津比売《おおげつひめ》の屍《しかばね》の耳に粟が生《な》り、『日本書紀』では保食神《うけもちのかみ》の屍のひたいに粟が生《な》っていたと書かれている。そして少彦名命《すくなひこなのみこと》は、のぼった粟茎《あわがら》からはじかれて常世《とこよ》の国へ渡ったとある。

遠い遠い昔から、人は粟に養われていたのだ。

秋は菜飯

むかごめし

山代巴《やましろともえ》さんの小説で、むかごめしという名称を知ってはいた。けれど、実際にむかごと出逢ったのは、ようやく十年前のことである。

「これが、ほんまの自然著《じねんじょ》です」

そういって掘りたての土まみれで持参されたのは、自生の、木の根のように曲がったやまのいもだった。その濃いとろろの味は、忘れられない。

いっしょに採れたというむかごの粒も添えてあった。茶褐色の皮で包まれた小さな玉。中は白い。さっそく、むかごめしをたいた。

皮をむくという人、いったん塩ゆでにして、えぐみをとるという人、ゆでたのをふき上がってからまぜるという人、さまざまなたきかたがある。

野趣をのこすのが好きなわが家では、最初っから皮つきのままのむかごをお米にまぜて、塩味にしてたく。大きなむかごだと、小さい粒に合わせたほどに切っておく。毎日でも、飽きない。

けれど、同じむかごめしでも、むかごの性分がちがう。淡路から送られてきたむかごは、一見して美しくピカピカしていた。栽培むかごではない力のこもりよう。おいしさに、あらためて感動した。

月見豆

「お月見の時、どんな献立をなさいますか」

おたずねをうけたが、とっさに返事ができなかった。ずいぶん客ごとの多い家だけれど、そういわれてみると、お月見には、とくに趣向を凝らして、人を招いたことがないように思う。

昔、母と二人の侘《わび》住居に、芒《すすき》や萩を庭へ植えて、佳月の宵は琴を弾いた。母のヴァイオリンが、月の方へ吸いこまれてゆくのを、「明治の音色《ねいろ》」などとたのしんだ。

まだ三十代の、破婚したあと母の死を見送るまでの六年間が、もっとも月を月として見あげた歳月であった。女の血肉には、まだまだ新しい愛や衝動がうずいていた。しかし、すでにそれゆえの苦しみや嫌悪をも、通っていた。

「なんぎやなあ」

何度、この言葉を、からだがつぶやいたことだろう。なんぎや、ほんまに。

その訴えが、月には素直に昇っていった。時には二人づれで月を求めてさまよい、時には仕事のために月見行事の寺々をたずねた。

今では、鳴物入りの演出や、商業主義的な意図にのっかって、ふだんは月をかえりみぬ都会びとが月を仰ぐ場合が多い。

この頃はすっかり、ひとり居の月見に慣れた。お酒が飲めたなら、黙って盃を傾ける相手があっても悪くはあるまい。が、ひとりで月と対話する豊かな気分の失われるのも惜しい。こちらは廊下に置いた秋草の影を浮きあがらせる月光と遊んで、あたりにひびかぬよう低くうたう。

枝豆は、月見豆ともよんだ。

若い里芋を衣被《きぬかつ》ぎにした。人参や椎茸《しいたけ》の白和《しらあ》え、煮たずいき、焼き茄子《なす》、甘鯛《ぐじ》の酒むし……。

今では日常の献立のほうが、ぜいたくなものとなってしまった。つつましく暮らしていた先祖たちにとって、正月のお重《じゅう》に始まる折々の季節料理は、どんなにか大きなよろこびであったろうに。

月も、この地球も、四六億年以前に形を成した惑星だとか。まばたきするほどの短い生命をいとしんで、人類の月を仰ぐ。

菜飯

土地の名物、菜飯《なめし》と田楽《でんがく》のおひるをよばれて、青く香り高い菜飯がたいそう気に入った。大きなお椀に半分残したのを「ラップにでも包んで下さいな」と頼んだら、ご案内の先生が「じゃ、一人前をおみやげに」と言われた。そんなことをお願いしているのではなかった。ただ、せっかくの美しくおいしいごはんが棄てられるのが、もったいなかった。

大根葉の香りが高かった。塩加減が良かった。わたくしがあまりよろこんで残りをもらって帰るので、あの美しい先生は「なんと、せこい人」と呆れられたのではないか。

家へ帰って開けてみると、残りは小さな二個のおむすびとなっていた。これがまた、結構だった。

幸い、良心的な農業を続けている女性の上賀茂の畑から、うるわしく成長してきた大根が手にはいる。

菜飯もわが家の馳走の一つとなった。帰りかけた方に「今、菜飯が出ますよ」。最初のは葉をゆがきすぎて、香りをうしなってしまった。若葉なら塩もみだけでいい。

芋粥

「木津の芋はうまいんです。毎朝、芋粥《いもがゆ》で育ったもんで、奈良坂あがって木津《きづ》川の農家まで芋買いに行ったこと、思い出しますわ」

木津川べりは、さつま芋に適した砂地畑であったらしい。大和《やまと》は、粥どころ。少年は重いさつま芋をも、滋味の玉として大切に持ち帰ったことだろう。

ことば以上のあたたかさ、具体的に心身を安らがせる芋粥の力は、お芋の味で、すこし異なる。何といっても、甘くほっこりとしたお芋が、お粥のうまみをひきたてる。お芋に芋らしいふくらみが乏しい時は、あてはずれでさびしい。

昔、わが家でも、大家族が好きなだけ食べられるように、大鍋、時にはお釜で煮ていた芋粥。木で彫られた粥杓子《かゆじゃくし》で、ゆったりとよそってくれる母の笑顔が、湯気の中に見えかくれした。

今は、心ならずも大家族暮らしのよろこびからは遠い。夜寒の風音を聞きながら、ひとりの芋粥を作る。よろこびは人それぞれ。わたくしは、芋粥に、るんるん。

冬は湯豆腐

漬物樽

上賀茂のすぐき漬けは、これはもう四斗樽《しとだる》に限ります。漬けこむ前に、水はって、樽のぐあいを見ますねん。

なんし、天秤《てんびん》つこて重しをかけたり、ムロへ入れたりしますやろ。いたみますし、つかわんうちに、樽がはしゃぎますしな。蓋や底、輪や、やせ板の一枚もとりかえます。手入れをしながら、長いこと、大事につこてますねん。

そうどす。親の代から樽なおしにまわってくれたはるお方が、いはります。毎年、まわってきてくれはります。

ええ杉つこて、きちんとこしらえた酒樽のええのんが、よろしおす。いたんでしもたら、練炭《れんたん》いこして灰にして、その灰は大事に畑へほかし（すて）ます。

味噌《みそ》樽は、ごっつい木でな。ちょっと細長い樽ですけど、もう今は、あんまり作れしまへん。このごろは昔みたいに、お味噌をいただかんようになりましたよって。

すぐきだけやのうて、なんのお漬物でも、漬けてる間は木の樽やないとあかんと思います。木は生きてますやろ。漬物も息してますやろ。樽さわってると、こっちも生き生きしてきますえ。

湯豆腐

おこぶは、海の香。

お豆腐は、畑の香。

なのに、湯豆腐のあたたかな湯気からは、人はだの匂いがする。

豆の匂いか。乳の匂いか。

ふつふつ、鍋のなかで踊りはじめた賽《さい》の目切りのお豆腐を、網杓子ですくう。煮すぎないのが、口あたりも味もよい。

土地によって、また作り手によって、お豆腐の質がちがう。同じ京のお豆腐でも、きめこまやかなつるつる豆腐から、昔通りニガリを使った、かっしり木綿豆腐まで、幾通りもある。

湯豆腐は、夏の冷奴《ひややっこ》と双璧をなす、お豆腐の素直な食べかただ。鍋の中央に好みのつけ醤油《しょうゆ》の容器を入れて、いっしょにぬくめる。ツンとこない天然醸造のお醤油が手にはいった時は、いろんな薬味をつけるのが、かえって真味をそこねるように思われた。先人たちは、何とまろやかな味をたのしんでいたのかと、おどろいた。

家族のない者は、鍋物が遠い。しかし、複数の世帯でも心通わぬ場合があろう。せめて一丁の湯豆腐鍋を火鉢へかけて、ひとりの湯気をたのしむ。

鍋焼きうどん

「なんでも好きなものを食べてください」と添え書きして、大阪に住む沖縄の男性が三千円も、送ってくださった。まあ、うれしい。タクシーの運転をしながら、わたくしをはげましてやろうと思いつかれたお志。ありがたくて、さあ、何をよばれましょう。

ほくほく考えて、鍋焼きうどんに決めた。関東はおそば。関西はおうどん。この頃はおいしいおそばも好きになったけれど、煮こみはやっぱり、しっかりしたおうどんがいい。

背中の寒い初冬は、早く日暮れる。湯気の匂いのあったかくたちこめるお店へはいって、鍋の運ばれてくるのを待つひとときは、怒りや、悲しみを、ふと忘れる。

あつあつの海老《えび》の天ぷらを一尾のせて、そのころもがまだ煮汁に溶けていない。卵、あなご、かしわ、椎茸《しいたけ》、かまぼこ、ゆば、三つ葉、柚《ゆう》の香。にぎやかな具をのせて、余熱にぐつぐつおどっている土鍋がきた。

この、冬うどんはおいしい。おかげで、ちょっとぜいたくさせてもらった。

小豆粥

「お正月だからと申しまして、何のごちそうも、おもてなしも結構でございます。昔とちがって、この頃はふだんでも、昔のお正月より豊かな食卓に、慣れているお家が多いのではないでしょうか。お正月こそ、むしろ質素に、きびしい気分でいとうございます」

遠い亜熱帯からの客人は、そうおっしゃった。小豆粥《あずきがゆ》をもてなしたら、

「これは何です」

と、たずねられた。わたくしはその方のお宅で、おいしい緑豆のお粥をよばれたことがある。

食べ慣れないものは、何かとふしぎだ。

小豆は、いうまでもなく、すぐれた栄養素を含むありがたい穀物。東洋の原産であるというが、そのせいか、西欧の味覚に、あまり小豆は使われていない。小豆あんを、菓子にもパンにも料理にも活かす、小豆熱愛のこの国であるが、小豆は砂糖なしで食べる方が、からだには良い。

古来、「晴れ」吉祥《きっしょう》の意に使われてきた小豆の色が美しい。七草《ななくさ》粥と同じように、小豆粥も、正月疲れをいたわる。先祖たちのよろこびの味だ。

野菜のこよみ

三つ葉芹

賀客に、芹椀《せりわん》でお雑煮《ぞうに》をもてなした。

「芹って、おめでたいのですね」と、三《み》つ葉芹《ばぜり》の蒔絵《まきえ》模様に見入られる。小さな三つ葉芹の根が曲線を描いて長くのびている。細かなヒゲがかきこまれ、滴々《てきてき》と露の玉も宿っている。

人日《じんじつ》とよばれる一月七日の節日《せつび》は、人を占う日だそうだ。すべて科学的に計算されているかにみえる今日の世界でも、いよいよ神秘への畏怖《いふ》と、占いへの関心は深い。一寸先のわからない身の成り行き。古来、万病をはらう願いをこめて、七草粥《ななくさがゆ》が祝われてきた。

戦争前までは、六日に七草があきなわれ、

「七草なづな唐土《もろこし》の鳥の……」

と歌いはやしながら、刻んだ草を粥に入れたのだそうだが、歌はもうすたれてきた。

芹、なずな、ごぎょう、はこべら、仏の座、すずな（かぶら）、すずしろ（大根）がこの国の春の七草。新暦では自然の若草が無理だ。三つ葉の新芽や、大根、かぶらの芯葉を刻みこみ、お餅《もち》を入れた早緑《さみどり》の粥で、新春《はる》の身を安らぐ。

柚

「まあ、大きな柚《ゆう》……」

水尾の山里で、むしろの上に並べられている柚の実のみごとさにおどろいたら、

「この実の母木は、まだ三十年ほどの若木なのです」

と言われた。百年近い木々の実は、小粒だとのこと。

樹齢のみならず、木の種類も異なるのではあるまいか。香り高い実、果汁の豊かな実、その大小、その張りに、年によって異なる気候の変化も影響していることだろう。

六月に、細く白い花びらの散る山道を歩いた。暑熱の頃のするどい青柚の香気は、萎《な》えていた味覚をひきたたせた。秋には茸《たけ》にしぼりかけ、あるいは吸物のすいくちに浮かべた。

そして新年。柚壺《ゆうつぼ》などに使われる柚は、色も形も、実としてもっとも熟しきった、まろい金色《こんじき》のすがたである。

少年から青年へ。そして、中年を通ってよく熟した人に、「熟年」という表現が使われるときく。香り高い熟成でありたい。

みぶな

東京で、京の物産展をたのしみにでかけたK氏、水菜を見て「壬生菜《みぶな》はないの」とたずねたそうだ。

「いくら細かく説明しても『京にみぶななんてありません』と言うんだよ。京都の女性にも、もう壬生菜がわからなくなってるんだね」と、慨嘆しておられた。

水菜の一種にはちがいないが、みぶなは葉にぎざぎざがなく、四、五十センチの長さの大株となる。みぶなの葉の緑は、水菜とはちがってやや暗く濃い緑だ。

よいお漬物の多い京ではあるが、みぶなの塩漬には、ほろにがい独特の風味がある。早春のみぶなを好む声は、京都の人よりも、かえって他土地の人から、よく聞く。『東海道中膝栗毛《ひざくりげ》』のなかにも「壬生の菜」は、「名物選に、はなたかし」と記されている。

四条の南、壬生の名は水生の意か。湿潤の土地柄なので、芹《せり》や里芋、藍《あい》、そしてみぶななどの名産地であったという。

いまは壬生に田畑は見られない。どこで育ったみぶなであろうか。

かぶら

冬の、根菜《こんさい》は、美しく滋味深い。

ついこの間、かぶら菜の間びきを煮ていたと思うのに、たちまち小さな白い玉がつくようになった。小かぶの可愛さ、やわらかさ。菜とともに煮ても漬けても、おいしいものだ。一人一個ずつ椀《わん》に盛れる程度に育ったかぶらを、葉を別にして昆布と鶏とでスープ風に煮たものは、わが家の献立の一つ。

わたくしがはじめて京の民家の客となった三十年の昔、土鍋《どなべ》でことことと煮た鯛《たい》かぶらをもてなされたのが、印象にのこっている。

金沢のかぶらずしは、薄く切ったかぶらとかぶらとの間に、ぴんく色の鰤《ぶり》の身をはさんで麹《こうじ》でつけたもの。いつか、金沢のある料亭で味わったことがあるけれど、二十年余り、毎年いただくお宅の自家製の味が、忘れられない。材料、気候、重石《おもし》など、むつかしい呼吸があるのだろう。

千枚漬は歯にしみるように冷たく、かぶらむし、ふろふきは、ふうふう熱いのをどうぞ。

蕗のとう

寒《かん》の内に、大雪が降った。

京都の中心部では雪の降らない日でも、北山小野郷《おのごう》のあたりは、常時雪。その深い雪の下から生いでた蕗《ふき》のとうが、はやばやと届けられた。

「お正月にはまだ何にもでていなかったんですが……」

わずか二十日ほどの間に、このかぐわしい蕗の花が地上にあらわれたのか。すこし紫を帯びた外側の細い萼《がく》をそっとひらくと、小さな花々の蕾《つぼみ》がうす緑の玉のように集まっている。まだ花は咲きだしていない。

まことに初々しい蕗のとうだった。清らかな蕗のとうを、そのまま、噛む。ほろ苦い。けれど、心がときめく。わたくしどもが日々に味わう栽培された畑野菜の多くは、世界の各地に原産地をもつ。しかし、この蕗のとうは、風土に自生してきたこの地自身の風味だ。

小さな皿に水を張り、しばらく蕗のとうを生けて、雪野をしのんだ。

惜しいけれど、みじんに刻んで、みそしるに散らす。浅春の色香。

にんにく

沖縄の先島《さきしま》から航空便が届いた時、「何かしら」と思ったものだ。開くと、思いがけなく白皮も清潔なにんにくがつまっていた。岩だらけの土を、手掘りスコップで整地した若者の畑から生みだされた、美しいにんにくだった。

国から無形文化財に指定されている竹富《たけとみ》島の種子取祭《たねどりさい》の長い行事の間には「ばりびる」の儀式がある。御嶽《うたき》にろうそくを立て、香をたき、餅《もち》や蛸《たこ》、黒酒白酒《くろきしろき》に、にんにくを供えて、女性の神司《かんつかさ》が祈る。

「ばりびる」というのは、種が割れて根を張る発芽の意味だ。自分の時期をよく知り、立派に発芽し、充実してゆくにんにくにあやかって、他の作物もみんな、にんにくのようにみのってほしいと祈る、五穀豊穣の願いなのだ。

六千年の昔から、そのすぐれた成分を知る人類が、貴重なエネルギーの源泉として食したとか。肉食を遠ざけたかつての日本のみ、この活性をかえって遠ざけた。もったいないことをしてきたものだ。

水菜

どの家でも、それぞれ好みの料理があり、習慣がある。その家の内でも、人おのおのの好き嫌いがあり、感覚がちがう。わたくしは水菜を見ると、いつも、そのことを思う。

父は鯨《くじら》が好きではなかった。尾の身は口にしたが、コロは食べなかった。コロと呼ばれる白い脂身《あぶらみ》は、関西のおばんざいにのみ使われるのだろうか。

母は逆に、そのコロが好物だった。父のいない夜、母は水菜のはりはりを作った。尾の身にせよ、コロにせよ、鯨は水菜と相性がいい。何にでも母の味方をした少女であったわたくしも、鯨だけは父側の好みだった。

水菜は、茎の太めの白く新鮮なものが、さわやかだ。きれいな水菜……と思って求めても、口に溶けず、歯に筋ののこる品がある。筋がひっかかると、よろこびが半減する。

敗戦の冬、いわゆる闇市《やみいち》でレコードを売った。小さな水菜と、すこしの牛肉とを買って帰って、母と二人、尾の身の鯨鍋《なべ》をしのんだことを思いだす。

わけぎ

年齢によって、食べたいものが変化する。

幼い頃は、お葱《ねぎ》類をほしいとは思わなかったが、季節の感じわけができるようになると、そのよろしさがわかるようになった。青味としての色どりからも、気に入ったのにちがいない。

けれど、早春のわけぎ（分葱）をよろこぶのには、なお人の世の味を知る時間が要った。人の女房となって三年余り、雛《ひな》の膳《ぜん》にと、わけぎのぬたを作った。ゆでるとさっと濃い緑となり、なめらかなきめをもつわけぎと、赤貝との酢味噌《すみそ》和《あ》え。

季節には必ず作る一品なのに、それがみょうに冷たく酢っぱかった。

さまざまな女人との噂をきき「そんなことは」と打ち消しながらも、男と女との在りかたにまつわる悲しみを深めた頃ではなかったか。

一対の形をとっていても、心通わぬ場合がありうる。ありがたいことに、いまはぬたがおいしい。味覚は心に直結している。

菜種菜

花明かり、という言葉が好きだ。白い花や、淡色の花にも花明かりが感じられるけれど、花おのずからの明かりとしては、あぶら菜のかかげる黄の花色が、いちばん美しく思われる。

南の国では、もう菜の花が咲きだしているらしい。店先でまだ青い蕾《つぼみ》のなかに、ほつほつと黄の花の開いている菜種菜《なたねな》を見つける。煮ても和《あ》えても、おいしい春の花菜である。

このごろでは一年中、パックにつめた菜の花漬けがあきなわれている。浅緑の茎に黄の花。菜の花のほんの花首の部分だけを集めて軽く塩漬けした菜の花漬けは、すぐに味のかわる繊細なお漬物だったが。

「まだ出まへんか」かわいがってもらった小学生時代の先生は、凛々《りり》しくて、かつ美しい女性だった。ときどき、催促のおでんわがかかったものだ。

やわらかな菜の花漬けを、あったかなごはんにまぶして食べていると、亡き先生の味がする。やはり若い菜の花の花首や葉を、ひたひたのおつゆで煮びたしに。黒塗りの椀《わん》の蓋《ふた》をとると、花の灯色《ひいろ》が浮かんでいる。

もやし

いやだなあ。また豆もやしが、「省エネ」だの「耐乏」だの「安上がり」だのといった口実ですすめられている。人の世の移り変わる様相の縮図だ。

それに、手足だけ伸びて、ひよひよした子のことを、「もやしっ子」などとよぶ。けれど、もやしは、いのちの芽ではないか。物の種が、水気を吸い、暖気に包まれて芽を出し、根を伸ばす。みごとな発芽の状態なのだ。

人は意図的に大豆《だいず》のもやしを作って、おいしくて栄養のある食べものとした。もやしも、おからと同じように、安いから食べろといっては申しわけない。おいしくて栄養がある、しかもありがたいことに安く手にはいる。だから、よろこんで口にしたい。

根をていねいにとり、よくすすいで洗う。その下ごしらえが、いちばん大切だ。ごく少うしのゴマ油で、さっといためただけのもやしは、飽きがこない。

煮えると透き通ってくるもやし。あまり煮すぎず、歯ざわり、くきくきとさわやかなのを好む。薬品づけでないもやしがほしい。

ブロッコリー

どういう造化の妙であろうか。

緑というと葉の色である。緑を帯びた桜の花があったり、仄《ほの》かに緑を感じさせる貝母《ばいも》の花があったりするけれど、まず緑は花の色ではない。「なぜかしら」と、ふしぎになる。

その葉の緑でも、木により草によりして、まことに多様な色の違いが見られる。白っぽい緑から、濃く深い青緑に至るまで、ひとくちに緑とよぶなかに、数えられないほど幾通りもの緑の精があらわれている。

調理するたびに、いつも「いい色だなあ」と思うのは、ブロッコリーの緑だ。太い茎はかたいけれど、小さな分枝はやわらかい。茹《ゆ》でたり、炒めたりして、洋風料理のつけ合わせや、サラダにする。くせがなくて気持ちのいい味だ。熱を加えると、あまりに鮮やかな色になるので、清汁《すまし》のうけに使う。白和《しらあ》えにもする。わずかな分量でもブロッコリーを添えると、鮮やかな緑で料理がひきたつようだ。昔、鉢に一本のブロッコリーを植えておいたことがある。つぎつぎ芽が出て、楽しく活用した。客人にブロッコリーのファンがふえた。

わらび

山菜のなかでも、わらびはとくに人に親しまれてきた。可愛くこぶしをつくった若葉。昨年、天王山の裾《すそ》で合流する川の堤に立って、ふと一本のわらびを見つけた。摘みはじめると、たくさんのわらびが呼んでいるようで、仕事を忘れてひとときを遊んでしまった。わらびのぬめりが、口のなかでとろける。すこし酒塩も入れ、塩味でととのえたわらびごはんを、よく炊く。おひたし、酢のもの、ごま和《あ》えその他、何にしてもいい。ただ、自分で木灰《きばい》をふって熱湯にひたし、充分にあくぬきしないと、心配である。わらびの姿は、古くからわらび手、わらび唐草《からくさ》など、絵や文様《もんよう》として愛されてきた。その根の澱粉《でんぷん》は風味のすぐれたわらび粉だ。だがいまでは、わらび餅《もち》の多くが、ほんとうのわらび粉を使っていない。

この佳《よ》き山菜わらびを食べて、いのちを失う牛があると、ある農場できいた時は、おどろいた。わらびの苦味は、あくをぬいて食べないと危ないよ、という注意信号なのかもしれない。

木の芽

宿替えのたびに持ち歩いている二本の山椒《さんしょう》の木が、やや枝を張って大きくなった。雨のたびに、芽ぐんでくる。長い冬の間、枯れ木のごとく針っぽく味気なかったが、これからがこの木の出番だ。木の芽といえば山椒の若葉。たくさんの木があり、その芽や葉があるのに、どうしてなのか。一本ずつ種類がちがうわが山椒は、葉の形も、色も異なる。葉ののびるのも多少の遅速がある。片方の木の葉が、すこしたけて花山椒となる頃、別の一本の木が若葉だ。待ちかねた自家の木の芽で、木の芽和《あ》えや木の芽田楽《でんがく》をつくろう。

少女の頃、毎年、春休みにたずねていた親戚では、戸を開けるといつも台所で、すりばちにすりおろすらしい木の芽の匂《にお》いが迫ってきた。春のもてなしには、必ず木の芽和えが用意されるのだった。薄い木の舟にはいった木の芽は、なかなか要るだけ分けてもらえない。一、二枚でも必要に応じて摘みとれ、摘んだあとから新芽の出る木がうれしい。

神経をいためていた友が、目をかがやかせて語った。「木の芽を摘むと指が青く匂うのね」それが、暮らしへの思いを取り戻す新鮮な出発となった。

たけのこ

掘りたてのたけのこは、白く、やわらかく、えぐ味が少ない。この、とろけるようなたけのこは、関西に住むよろこびの一つだが、その産地も、年々減ってゆくばかりだ。

かつては、みごとな大竹藪《たけやぶ》のつづいていた洛西から長岡京市にかけて、今はほとんど都市化された。それでも、まだところどころに、冬の間に土を入れて地中のたけのこを守った竹藪が見られる。良質のたけのこを生むための、ふかふかした土壌である。

乙訓《おとくに》はまた、桜の名所だ。りょうらんの花が咲くと、たけのこも盛りにはいる。花の間から、たけのこ籠をかたげた男性があらわれたり、たけのこの上にかぶせた笹の葉に、花びらが散りかかっていたりする。

出盛りの中子《なかご》がおいしい。各地に土地のたけのこが生まれてくる。

新鮮な精気を吸収したい。やわらかなたけのこよりも、かたい根の部分や、遅れて出まわる細い淡竹《はちく》のほうに、よりたけのこらしい風味を感じるという人も多い。

清らかな竹を食べるという、その気分がいい。

わさび

家のそばに溝川《みぞかわ》があって、いつも山水が流れているというお宅から、野生のわさびをもらった。栽培わさびほどもある立派な姿だ。「雪の中でも、真夏でも、一年中、すぐそばに自然のわさび沢が在るわけで……」なんとうらやましい清冽のお住まいかと声をあげたら、「ところが慣れてしまって、あんまり活用しないのですよ」とは、もったいない話だ。

日本では、食べものの淡泊さゆえにか、これまであまり香辛料が発達しなかった。わさび、木の芽山椒《さんしょう》、からし、生姜《しょうが》……。昨今、生わさびがたいそう高価につくので、乾燥した粉わさび、ねりわさびで代用される。わたくしは生姜を使うことが多い。

けれど、ときどき、「ほんまのわさび」、それも、すこやかに育った香り高いわさびをすりおろして、おつくりや、握りずしなどに使うと、「こんなにおいしいものだったのか」と、目のさめるような思いになる。

いただいたわさびは、葉がいつまでもみずみずしかった。五月には、あこがれ久しい「わさびの花」をいただくお約束。可憐ときく花の姿と味とが、たのしみである。

椎茸

小さな三人兄妹から、一本の切り株をお年玉にもらったことがある。兄妹が栽培中の椎《しい》茸《たけ》の原木だった。

庭の片隅にたてかけておいたそのくぬぎ株から、春にはつぎつぎと椎茸が生いでてきた。いくら待っても大きくならない小さなままの椎茸、逆に、おどろくほど大きくなってしまった椎茸。生椎茸は市場でも売っているけれど、裏のひだのまっしろな摘みたてを口にできるのは、ありがたい。火にあぶって、塩とレモンとで食べる。けずりかつおとお醤《しょう》油《ゆ》もおいしいが、生椎茸の淡い風味を生かしたい。

椎茸の菌にもいろんな種類があり、また原木のちがいや、成長の季節によって、その味わいが異なるのだろう。石見《いわみ》の農家から届く春子《はるご》、秋子《あきご》の椎茸は、笠の表の紫褐色がたいそう美しく、香り高い。そして歯ぎれの触感が、くきくきと好もしい。

立派な形の品であっても、香りやうまみのまったくない椎茸がある。人為的な乾燥の度が過ぎたのではないか。天日干しは、しみじみと深い味のように思われる。

えんどう豆

えんどう豆のごはんを炊《た》いた。

三月のはじめ、市場でえんどうを見つけて、一度炊いたことがある。保存されていたものらしく、初々しい「はしり」の表情ではなく、大小ちぐはぐな、へんにくすんだ莢《さや》だったけれど、むいた豆粒は美しく、けっこうおいしかった。

季節中、何度となく豆ごはんを炊いて、「豆類が好きですね」と言われる。自分では、美しい上においしいから使うので、「豆類が好きだから」とは意識していなかった。そう言われてみれば、どのお豆もひょうきんで、可愛い。

慣れた味というものがある。うちではえんどうの若緑色を尊重するあまり、ほとんどお醬油《しょうゆ》を使わず、塩と砂糖とでうす甘く煮る。といっても、莢《さや》えんどうを煮る時は、すこしお醬油を使う。えんどうのポタージュや、おはぎ、そして天ぷら、その他、何にでも適当にえんどうを加えると、美しくおいしくなる。面倒でも、小さな人に豆をむく手伝いをさせてあげたい。小さな人はたのしみながら、からだで野菜との対話を覚えてゆく。

パセリ

昔の人は、どういう感覚を持っていたのか。

テレビで見た空中写真で、「西国の観音路は、断層の上を行く道だ」と教えられておどろいた。その中の裏六甲、有馬構造線のそばに、曽遊《そうゆう》の蓬莱峡《ほうらいきょう》があった。

二十年前、ぼろぼろになった花崗岩《かこうがん》で成り立つ荒土色の風景のそばで、見晴らす限りつづくパセリ畑を見た。いまも、あのパセリ畑は健在だろうか。きめ細かな葉のよくちぢれた美しいパセリだった。摘んで、そのままを口にした。

パセリは、洋風料理はもとより、お刺身《さしみ》や天ぷらなどの添えに使われているが、案外に食べのこす人が多い。

ビタミンA、Cともに抜群に高い数値をもつ、すがすがしい葉。

噛めば、さわさわ清水の流れる感じ。幼い頃は苦くて好きではなかったが、このごろでは、人さまのお皿に残されていると、もったいなく思われる。

パセリは、ただの飾り葉ではない。安心して食べられるよう、ていねいに洗いたい。

じゃがいも

鈴蘭《すずらん》の花を送ってくださっていた札幌から、このごろでは新じゃがいもの箱が届くようになった。むくほどもない薄皮のままよく洗い、十字の切り目をつけて、むす。

塩とバターで食べるほかほかの男爵じゃがいもは、送られた知人と、北海道の天地とに献じる、感謝の食べ初めだ。

じゃがいもは、もと、花をたのしむ植物だった由。大型白水仙のような清楚《せいそ》な花が咲く。

戦争中、主食として、日に何個かを食べる日がつづいた。飽きのこない、滋味深い食べものである。

ある方から「体質を良くする」というじゃがいものスープをすすめられた。芽をえぐりとった皮つきのままよく洗い、薄く輪切りにして（二百グラム）、分厚い鍋で〇・五リットル（約三合）の水を入れて煮る。浮き上がったアクをすくいとったあとは、とろ火で約一時間煮つめ、そのスープを飲む。これには、煮くずれのしないメークインが適している。

保存の利く食料で、アルコール、澱粉《でんぷん》、飴《あめ》、さらに薬用にも。ありがたい作物である。

アスパラガス

極端な偏食の友人が、「グリーン・アスパラガスだけは好き」という。塩ゆでか、バターかオイルでいためるか。毎日食べているのだそうだ。手のこんだ料理を作る時間も熱情も持たない人なので、「なんとか青いものを」と考えての結果だろう。

アスパラガスは、マツバウドの異名をもっているが、ウドほどの高い香りはない。鱗片《りんぺん》状に退化した葉の形を見せる穂先が、やわらかくて、いい風味だ。

昔はグリーン・アスパラガスが、今ほどよろこばれてはいなかった。アスパラガスというと、缶詰《かんづめ》や瓶詰《びんづめ》の白く透いたアスパラガスをさしていた。

生で使うアスパラガスの、まったり厚みのある口ざわりとはちがって、繊弱な歯ざわりの加工アスパラガスには、それなりのきれいな雰囲気がある。

どちらかといえば生の材料を好むわが家でも、いつも缶詰を絶やさない。サラダやつけ合わせ、洋風スープのみならず、これからの季節にときどき作る冷たいおすましの実にもする。

そら豆

そら豆が出ると、亡き母や、戦死した兄を思い出す。

どちらも五月生まれのせいか、なみなみならず、そら豆を好んだ。ごはんを食べないでも、次から次へと、煮たそら豆を食べた。その皮が盛り上がると、うれしそうに、しかし半分恥ずかしそうに笑って、こちらを見た。

その頃は、えんどう豆のほうがずっと好きだったわたくしにも、ぽつぽつと一種独特なそら豆の味が身についてきた。

どこかしゃくれた顎《あご》をもつ豆の形や、すこし渋いその緑色が、なかなか面白い。食べかけると、どこまでもやめられなくなる酔いに似た思いは、亡き者に通うなつかしさからであろうか。

そら豆は、初々しい走りの豆から、袋の爪型がすっかり太く黒くなってしまうまでの期間が短い。皮をとるのが面倒な場合には、さっとゆでてから中身をとりだし、うす甘く半ば煮つぶしておく。あまりアクをぬきすぎて、香りを失わせては惜しい。

じゅんさい

冷たくしたカクテルグラスが出された。じゅんさいの酢のもので、上に一輪、柚《ゆず》の白い花蕾《つぼみ》がのっかっている。大ぶりのじゅんさいで、ぬるぬるした寒天質も、たっぷりついていた。酢の合わせかたがおいしく、するりと口に入れると、さっぱりして気持ちがいい。とくべつ味らしい味のない感触だけのものである。口あたりがよい。毎日、新しく採れたじゅんさいが届くとか。

「これはどこの……」以前は深泥池《みどろがいけ》のじゅんさいが有名だったが、いまは水質が悪化してほとんど採れなくなったという。どこの池のやら沼のやら。「京都府下のもんらしおす」。いつか、東京からの若い客人が、じゅんさいの瓶詰《びんづめ》を持ってみえた。それはうんと小さなじゅんさい。出はじめたばかりの若芽なのだろう。小さなほうがいいと聞いたことがあるけれど、産地の富栄養化のせいか、大ぶりのじゅんさいが多くなった。

スイレン草の水草の芽ぶきを食べるなんて、誰人《たれびと》が考えたのか。おつゆ類に使っても、無味の味の余韻を曳《ひ》く。

胡瓜

「初《はつ》なり」と題した人形を見た。

お河童頭《かっぱ》の裸童子が、麻の短い甚平《じんべい》を着て、小躍りしている。まだしっぽに花をくっつけたままの若胡瓜《きゅうり》を目の上にかざして、いかにも嬉しそうだ。小さい手は、茎までいっしょにひっぱったのであろう、胡瓜の葉も二、三枚ついていた。

戦前とは異なる促成栽培によって、一年中、胡瓜を口にすることができる。けれど、元来の季節に、直接自然の力をうけて作られた胡瓜には、誇張のない素直な風合《ふうあ》いがある。また、初夏にこそ、胡瓜のすがすがしさをよろこぶ感触的なたのしみが、生きたのであろう。

地元の畑から、もいだばかりの胡瓜を求めるたびに、母の写真に供えずにはいられない。町なかの家では寸土の余裕もなかったが、戦争のさなかにひき移った養生先では、わずかな花や野菜を植えていた。その時、初なりの胡瓜をどんなによろこんでもぎ、大切そうに見せにきてくれたことか。小躍りしていた母の表情は、人形の童子に似て、あどけなかった。

玉葱

表で遊んでいたわたくしが、夕方連れ戻される時に、家にこもっていた強いにおいがあった。他のことは、ほとんど覚えていないほどの幼い時期。「何のにおいかしら」と思っていた。それは、後で気がつくと、玉葱《たまねぎ》を油いためするにおいだった。一種あわただしくやるせない町家の夕暮れ。大人数の夕食の支度に、たくさんの玉葱が油いためされていたのだろう。

おとなたちが、涙をこぼしながら玉葱を刻んでいる風景は、小学校にはいってからの記憶になるらしい。

玉葱は、「からだにええのやで」とすすめられ、「ハイシビーフ」や「チキンライス」でなじんだ。生玉葱のサラダは、ちかちかするようで、小さな間は苦手だった。

泉州の田畑のあちこちに、玉葱をいっぱい吊した玉葱小屋がある。いかにも、玉葱産地を行くといった気分で眺めた。ふしぎなことに、玉葱は切らない限り、いつまでも内部がみずみずしい。束ねたのを求めて、軒下の竹に吊しておく。

青梅

雨の晴れ間に、庭の梅の木から青い実をもぎとってきた。すべすべときめ細やかな肌をもつ美しい緑の珠玉。頬にあてたり、てのひらにころがしたりしていつくしむ。やや小ぶりだが、しっとりとした重さだ。

八百屋さんの店先には、りっぱな青梅が並んでいる。姿も、色もきれいなのが目を惹く。梅干しに漬けこむのには、あまり青くてかたい実よりは、すこし黄ばんで、やわらか味を含んできた頃がいい。

梅肉エキスを作れという父の命令で、青梅の実を陶器のおろし器ですりおろした昔を思い出した。ころころと滑る梅を、子どもながらに、いっしんにつかまえてすった。布でしぼった梅の汁は、指の血もいっしょに煮つめられたが、あれはすばらしい殺菌力をもつ胃腸薬だった。

梅酢や梅酒をひとくち飲めば、うっとうしい梅雨の頃もさわやかである。古来、この清浄の青梅に、人はどれほど多く助けられてきたかわからない。

かぼちゃ

年中あたたかな沖縄、とくに宮古《みやこ》、八重山《やえやま》の島々では、真冬にかぼちゃの露地栽培が可能だ。ハウスものとはちがう直接的なうまみと、コスト安なのが魅力らしい。西瓜《すいか》などとちがって、取り入れたあと傷さえつかなければ、腐らずによく長期貯蔵に耐える。

このごろは、果肉の美しくひきしまったおいしいかぼちゃがある。びちゃつく水くさい品種は、どう味付けしても困るけれど、質さえよければ、塩味だけで甘みが出る。

昔ながらのうま煮もよし、ポタージュや揚げものにもいい。

小人数だからと半分に割ったのを求めて煮《た》き、おいしさに「あとの半分はどこへ行ったのやろ」と探したくなることがあった。

戦争中、どこの防空壕の上土にも、かぼちゃのつるがのびていた。誰にでも気軽に作れて、主食の足しになった。家で作ってみて、はじめて徒花《あだばな》のあるのを知った。大きな黄の花が咲いても、実を結ばない場合がある。朝早く、やわらかな筆の穂先で雄花の花粉を、雌花へ移した。そのたびに、すこうし胸がときめいた。

紫蘇

通りすぎながら、店先をちらと眺める。「いいちりめん紫蘇《しそ》が出てること」梅の塩漬けの水が上がって、紅紫蘇をしぼりこむべき時期だ。その年によって、同じように漬けているはずの梅の漬けこみに、良否ができる。紫蘇の色がまったく出ず、残念ながら、あらためて漬けなおした年もある。

色も香も、そしてお味も、まったりとした梅干しを南紀からもらった。めずらしく自立生活をしている男性の手漬けで、「今年も紫蘇のいいのが届いているんです」と、うれしそうだった。梅干しは紫蘇の芳香と、美しい自然の紅色とが、清らかな梅を染めてしみこむ。先人たちのみごとな知恵の結晶である。

芽紫蘇から穂紫蘇まで。なくてもすむけれど、あればいっそう味のひきたつ刺身《さしみ》のつまだ。それに青紫蘇がたのしい。よく洗って拭き、細く刻んだものをふうわりと盛って、ひややっこや、はも皮のおすしの上におく。葉のままお魚の身を巻いたり、塩でもみ、酢のものにまぜたり。目からも、味からも、涼風を感じる。

ごぼう

やわらかな新ごぼうが、おとなになってきた。昔は、真夏のどじょう鍋《なべ》にご縁があったが、いまは「どじょう鍋風」はも鍋や、うなぎ鍋。香り高いごぼうを噛《か》みしめると、土の精気の味がするようだ。

若い頃は、油でいためた「きんぴら」や「からっと揚げた天ぷら」が好きだったけれど、今は分厚く斜めぎりして、しみじみ薄味に煮ふくめたものが飽きない。

買物に行けなかった時、「ごぼうを」と頼んだら、ささがきごぼうが届いた。ゆがくと変な匂いがして茶色の泡をふいた。白かったのは漂白剤か何か、薬剤が使われていたのだろう。すっかり味が変わっているので、とうとう、よう使わなかった。

土つきのをむくと、すぐに茶黒くなる。それが自然の力なのだ。

切ると、すぐ水にさらして、あくをぬく。とことんあくをぬくよりも、すこしは生のあくも含んだほうが、ごぼうらしい風味がある。独特の作り方で、太さ十センチほどにも仕立てたやわらかな堀川ごぼうは、年末、お重《じゅう》に使われる。

とうがらし

とうがらしの花は、白くつつましい。幾種類ものとうがらしがあって、細長い形の実や、ふっくらした大型の実、さらにその大小が見られる。

辛味が、すこしずつちがう。つややかな青とうがらしは、天ぷら、つけ焼き、煮付けなど。他の料理の付け合わせにも色どりを添える。甘味、鹹味《かん》（塩からい味）、酸味、苦味、そして辛味。食べものの味わいは、この五味が基本だ。ぴりっとした辛味が、食欲をそそる。青い間は若い辛味。大型のピーマンは、種をとりはずすと、ほとんど辛味を感じない。

「葉とうがらし有ります」という張り紙を見たのは、秋口だったかしら。葉ばかりになった茎が、根からひきぬかれて八百屋さんの店先に積まれていた。棄てられるとうがらしの葉をゆでてしぼり、揚げてから煮つめる葉とうがらし煮は、お酒にも、ぬくごはんにも、お茶漬にもいい。

腰椎《ようつい》が変型して痛みはじめた何十年も前、そばがらに鷹《たか》の爪を五、六本入れた小さな腰枕を作った。紅とうがらしの放つ精分を、痛む骨にあてて寝よと教えられたのだ。

なすび

「山城茄子《やましろなすび》は老いにけり、採らで久しくなりにけり、吾児噛《あこか》みたり、さりとてそれをば捨つべきか、措《お》いたれ〳〵種採らむ」――『梁塵秘抄《りょうじんひしょう》』には、採りのこした京なすを子が噛んでも捨てずに、種を採ろうよ、といった一章が見られる。

都の近辺には平安の昔から、ひとかたならず美しく、おいしいなすびが採れたのだ。もぎとったばかりの、つややかな紫紺のなすび。賀茂女独特の風俗は、三幅《みはば》の前だれの上からたっつけをはく。土に密着した自信、誇りがその正装にこもっている。

「今日はどうどす」と声をかけられるその人のくるまに、まんまるく大きな賀茂なすが光っていると、うれしい。とろけるようにやわらかな賀茂なすの田楽《でんがく》は、他地方からの客人たちをおどろかせてきた。

収量の豊かな種類に比べると、その半分ほどしかみのらないそうだが、山科《やましな》なすは、まことに細やかなうまみを蔵している。めずらしく山科なすびのあった日、すぐに焼いて、あつあつを口にした。甘いなすびだった。

生姜

「台所にあるものを、つぎつぎと鍋《なべ》へほうりこんでね、しまいに生姜《しょうが》があったので、それも入れたの」

「まあ、刻んで……」「いいえ、そのまま」

茄子《なす》の煮汁に、トマトやじゃがいも、お肉にお砂糖、お醤油《しょうゆ》、バター、いろんなものがはいったらしい。とても覚えきれない何種もの材料を入れたあげく、「生姜もそのまま」には、笑ってしまった。精気あふれる女人の作ったまひるの闇鍋だ。

残念にも、お味をみせてもらえなかったが、それがたいそうおいしかったらしい。エエイッと丸生姜をほうりこむあたりに、烈々の気合がこもっている。

毎日、何につけても生姜の力をかりる。昨年、新生姜を薄く切って熱湯をかけ、しんなりしたのをお酢につけておいたら、なんともやさしい薄紅の色となった。紅生姜とはまたちがった品のある色だ。あの生姜の茎を見ると、根もとのほうには紅がさしている。するどい辛味の地下茎の塊りも、おのずからな紅色素を備えていたのだ。

オクラ

幼い時の思い出には、オクラの風味がなかった。

オクラは、いつごろからお店であきなわれるようになったのだろう。それまでも目にしていたか。味わってみるまでは、求める気にならなかったのかもしれない。

真夏、白蓮《びゃくれん》そよぐ東大寺の宝厳院《ほうごんいん》で、さわやかな蓮飯《はすめし》をよばれたことがある。

思えば、ぜいたくなひととき。朱の大盆の上に置かれた青緑の蓮の葉の包みに、目をみはったものだ。その時、刻んだオクラの酢のものもあった。切り口が星形のようなオクラを口にすると、ぬめぬめと糸をひいた。ふしぎな触感だった。

オクラは、西インド諸島や南アメリカの原産だそうだ。

たいそう大きなオクラを見かけたこともあるが、どちらかといえば、若くみずみずしいオクラがいい。

塩やおみそ、マヨネーズをつけて生でかじったり、刻んで、おつゆに浮かしたりする。

とくに生ゆばのすましには、味も色もよく合う。

とうもろこし

テレビで、連日四十度をこえる猛烈な暑熱に、いたみきったアメリカ穀倉地帯の畑を見た。燃え上がりそうに乾いて焦げ茶と化したとうもろこしが、延々とつづいていた。異常気温のおそろしさ。動植物の生命力も、人のいとなみも、たちまち空《むな》しく枯れさせてしまう異様な照りを、どうしようもないのか。

冷害、旱害《かんがい》、そして熱害。さまざまな気候状況とたたかいながら、食べものを作りつづける農家の労働を思う。何といっても、食べものこそ風土の力。住む者の文化の礎《いしずえ》だ。

北海道の知人宅で、切りたてのとうもろこしを焼いてもらった時、その繊細なうま味に感動した。京に移り住んで、それまで味わったものとはちがう野菜のすばらしさに、おどろいたものだったが、北海道のとうもろこしも、京野菜に負けなかった。

夜店で焼かれるとうもろこしを見ても、ほしいと思ったことのないわたくしが、北海道のやわらかなとうもろこしを恋しく思う。

青い苞《つと》に包まれたとうもろこしが航空便で届くと、思わず胸に抱きしめる。

枝豆

むっちりと実のよくのった枝豆。冴《さ》え冴《ざ》えと青緑にゆであげた枝豆。塩気を含んで、口なかでとろっと噛まれてゆくあまみ。いいもんですねえ、枝豆は。

大豆《だいず》のありがたさ、尊さは、いまさらいうまでもない。若大豆である枝豆は、その成分の上に、詩を添える。ひとつかみの枝豆が供されるだけで、ビールの人も、日本酒の人も、落ち着いた気分となるらしい。星にも、月にも、よく似合う。

昔の水田のあぜには、大豆が植えられていた。水田の稲とともに、あぜの大豆も、どんどん成長した。その成長のうちを、枝豆にしてたのしんだ。一寸の土をも、おろそかにはできなかった時代、若い間に食べてしまう枝豆は、走りのご馳走であった。

能登《のと》の海辺で、千枚田を見た。丘の上から渚のすぐそばまでの斜面を、小さな小さな田が段々を成していた。田の少ない土地の努力。

休耕を強いる悪《あ》しき農政にも、この千枚田は観光資源とされている由。観光とは何やろ。「このあぜで作った枝豆は味がいいよ」と、働くお人が笑っておられた。

すだち、かぼす

小さな青い実のなかに、したたかな果汁が含まれている。酸味の後味がさらっとして、気分がいい。

すだちが出ると、焼き物はもとより、蒸し物、なま物、お豆腐や、生ゆばにまで、すだちをしぼりかけてよろこぶ。

同じ柑橘《かんきつ》類でも、徳島のすだちより、大分《おおいた》のかぼすのほうが、香りも汁も濃い。自然の親切だ。こうした香り高い実がみのってくる時期には、魚や野菜も香りを待つ。初茸《はったけ》や松茸、しめじなどの茸《きのこ》類には、これらの果汁が出合いものである。

甘いお菓子よりも、こうした季節の青い実に心が勇む。たっぷりとしぼった汁に蜂蜜を入れ、熱湯で溶かして、仕事の合間に飲む。

かぼすは、しぼりためて、冬中たのしむ。柚子《ゆず》ばかりか、レモンをもお湯に浮かせて入浴するわたくしは、しぼったあとのかぼすや、すだちをも、お湯に入れる。花のお湯もきれいだけれど、実のお湯も香り高くて、うれしいものだ。

松茸

「今年は松茸《まつたけ》がいいようですって」「初荷も、昨年より安かったそうよ」それはうれしいが、「お米不作の年は松茸が豊作」といわれてきたのを思い出して、心が重い。

東北の稲は、ほとんど実のはいらぬかすかすの穂であろう。こんなに低温の、雨多い夏は、あまりなかった。むし暑さできこえた京だが、徹夜していると、ずーんと身にしみる冷たさ。異常な「サムサのナツ」が秋を感じさせ、松茸をうながし育てたのだ。

赤松の幹は、「朱《あか》らひく肌」を思わせる優雅な色だ。昔、赤松の山林にはいると、古い落葉にかくれるようにして、茸《きのこ》のかさが盛り上がっていた。

かつては踏むところもないほど松茸が生えたといわれる山里でも、昨今はめっきりと茸の数が減ったとか。松食虫《まつくいむし》による松のほろびがひどく、手入れができていないからだそうだ。

何といっても、高い香りと、くきくきとした歯ざわり。

小人数の暮らしのおかげで、わずかな茸を何種類もの料理にする。

いちばん好きなのは、やはり焼き松茸。塩とすだちでよばれる。

ごま

しぼりたてのごま油をもらった。

「毎日ひと匙《さじ》ずつ飲んでごらんなさい」と言われた。

「油を飲むなんて……」と思ったけれど、それは、たいそうこうばしく、おいしかった。

ごまは、変幻自在の実力を養うに足る、すぐれた栄養源だ。そして、まことに美しいりんどうに似た白や紫の花を咲かせる。戦争中、空き地に作ったごまを取り入れて、中二階に乾《ほ》しひろげておいたら、ねずみがよろこんで種子のさやをかじってしまった。

毎日のように、ごまを使う。

ごま豆腐が苦手の女性といっしょに旅をしたとき、二人分ずつひきうけて飽きなかったから、好物といえるだろう。とろとろにすりつぶした便利なごまの缶詰がある。

ごま豆腐に使ったり、蜂蜜をまぜてピーナッツバターのようにパンに塗ったりする。

手間でも、ゆっくりと粒ごまを煎《い》ってすりつぶして、いろんな和《あ》えものにする。

ごまをまぶした、おはぎもおいしい。煎りかげん一つで風味が変わる。

里芋

飛んできた鶴の落としていった稲穂から水田が始まったと伝えられる受水《うきんず》、走水《はいんず》（沖縄本島）の田。

その一隅《いちぐう》に、田芋が植えられていた。昔の耕作の形が大切に守られている地だ。

山桜と里桜とがあるように、芋にも山芋と里芋とがあった。人里で栽培される里芋には、たくさんな種類がある。緑の茎のもの、紅紫の茎のもの。大きな葉をゆらめかせながら、親芋のそばに子芋がふえる。幼い頃から紅紫の茎のずいきを、「毒おろしやさかい」と食べさせられた。ずいきの煮びたしや、ごま酢和《あ》えは初秋のたのしみだ。

夏祭りに鱧《はも》の子とたき合わせる子芋は、まだ小さく水っぽい。旧の八月十五夜の月には、里芋が供えられる。この頃になると、ほどよく成熟したうまみが備わるためか。

皮をつけたまま蒸して、塩で食べる衣《きぬ》かつぎ、刻みこんで炊《た》いた里芋ごはん、ゆでた子芋を、白みそのゆずあんにまぶした一品など、独特のぬめりをもちもちと味わう。

時折、ミズバショウそっくりの黄の花が咲くという。まぼろしの花だ。

くるみ

好物の一つに、堺のくるみもち（かん袋製）がある。品のいい薄緑のくるみあんに、ひとくちほどの餅《もち》がくるまれている。その豊かなカロリーに比して、あと口のさわやかなくるみもちだ。

信州のお寺では、大きなくるみのおはぎをよばれた。

東北を旅して、北上《きたかみ》川のほとり、胆沢《いさわ》川の水辺などに、丈高いくるみの木々が、さわさわ風に吹かれているのを見た。関西ではあまり見かけないくるみの木の風景が、忘れがたく心にのこっている。

固い殻から実をとりだすために、いろんな「くるみ割り」がある。

うす茶色のうす皮をつけた、むき実ばかりが売られてもいる。よく洗って二つ三つに切り、塩味のごはんに炊く。ごはんが茶色に染まってしまうけれど、趣があっておいしい。

くるみの実は、そのまま食べるか、くるみケーキにするか、くるみ和《あ》えか。家では、とてもくるみもちのあんを作る力がないのが、残念だ。

小豆

異常な冷夏によって、穀物相場が荒れているのではないか。玄人《くろうと》の思惑の動く小豆《あずき》相場は、こわいもの、素人《しろうと》が手を出してはいけないよと聞かされてきた。

やわらかく匂やかな新小豆を待っているのに、まだ手にはいらない。経済のしくみはよくわからないが、美しい小豆色にかがやく小豆は、古代から人の尊び栽培してきた天与の宝の一つである。稔《みの》りすくない年は、祝福されない気分で、さびしい。

毎月、一日と十五日とには、小豆のごはんを炊《た》く。糯《もち》米をまぜない粳《うるち》米ばかりで、ごく日常的なごはんだ。大阪の生家での習慣が、好みとなって今につづいている。脚気《かっけ》予防の習わしであったろうが、来合わせられた客人たちは、お菓子がわりに供する小豆ごはんの椀に、「今ごろ何です」とおどろかれる。

お砂糖が使えるようになってからの、和菓子の小豆餡《あん》は洗練を重ねた。現在の「味気なし」の古語は、「小豆無し」から出たものとか。小豆の無い状態が、つまらない、良くないの意だったらしい。

さつまいも

いったん通り過ぎかけて、むしやき芋の店の前に戻った。あったかな匂いのお芋を包んでもらっていると、後ろからあでやかな女将《おかみ》の声がかかった。

「いやァ、お芋買うたはる。お好きですねんね」

その茎や葉まで食べずにはいられなかった戦争時代の記憶にうんざりして「もう、いやや」という人もかなりいる。ところが、わたくしは相性がいい。飽かない。このすぐれた自然のうまみ。どのように使っても、心がなごむ。気落ちした日は芋粥《いもがゆ》を。

南アメリカ原産といわれる芋は、中国を経て、まず沖縄に渡来し、亜熱帯の島々での貴重な主食となった。大阪の紀海音《きのかいおん》が作った浄瑠璃「八百屋お七」には「日頃好物な琉球芋」という言葉がある。享保初年、西国では、すでに庶民の口に愛用されていたのだろう。しかし、記録によると「お七」の舞台である江戸では、享保二十年に栽培が始まったらしい。

江戸時代以来、数えきれない多くの人間たちの飢餓を助け、間食のよろこびをも添えてきたありがたいお芋への、敬愛は深い。

きゃべつ

自然農法で作られた虫食いきゃべつを求めた。虫の食べているのが、健康な野菜の証拠。細く刻み、天塩《あましお》をふりかけて食べる。さくさくと歯切れがよく、甘い。虫あと一つなく、びっちりと巻きこんだ美しいきゃべつとは、その歯ざわりのやわらかさや香りの点で、だいぶんちがう。

毒性の強い農薬をあてにせず、天然の土の滋味を有機物で養い肥やす自然農法は、たいへんな手間がかかるものだ。一つ一つていねいな努力が重ねられているのだろう。

「それはもう……しんどくないと言ったら嘘《うそ》になります。でも、以前、先輩たちは当然この努力をしていたわけです。自分はもう毒の含まれた野菜を作ってはいない、ほんとうの純な野菜を作っているのだと思いますと、うれしくてね。胸を張って、うれしいなァと叫びたくなる時がありますよ」

せっかくのきゃべつは糠味噌《ぬかみそ》にも漬けないで、みんな、生のまま大切に味わった。さまざまな作物の有機農法に励まれる各地の耕作者を尊ぶ。

ほうれん草

ロボットを製作するロボット。コンピューターをあやつるコンピューター。仮想敵国をしのぐ核兵器のみせびらかし合い。そんな時代に、ポパイのほうれん草なんて、「古い古い」。でも、まるで魔法の薬のように、ほうれん草を食べるとたちまち元気になった漫画のポパイは、人間らしい生身《なまみ》を持っていた。昔が漫画か、現在が漫画か。

ほうれん草はよく肥えた腐植土をよろこぶとか。その葉は緑濃く、根が紅《あか》い。根の部分もタテに三つ割りぐらいにして、よく泥を洗い落として使う。

ほうれん草はさっと塩ゆでにしたり、いためたり。葱《ねぎ》では風味が強くなる鍋物《なべもの》にしても品がいい。美しくてくせのない、やわらかな菜だ。

鉄分に富む上、ビタミンA、B、そしてCをも含む。あまり火を加え過ぎると、成分が失われ、姿もくたくたに弱ってしまう。

若く小柄だったほうれん草が、買うたびに育って、成草の魅力にあふれてきた。これからも、ふんだんによばれたいものだ。

蓮根

「名花十友《めいかじゅうゆう》」とは、宋代、曾端伯が選んだという画題の一つ。桂を仙友、海棠《かいどう》を名友、梅を清友などと、ゆかしい形容の草木が並んでいるが、そのなかに、蓮の花は浄友だとされている。暑熱の夏、広く大きな蓮の葉に露が光り、白や紅のその花が気高く咲く。見る者の心を、すがすがしくさせる、まさに浄友だ。

だが、その気高い蓮の花は、泥沼に沈んでいる蓮根から生まれでて伸びる。泥沼ゆえの、重い力。蓮根の精気を吸って、人も美しい花にあやかりたい。

河内《かわち》（大阪府）、潮来《いたこ》（茨城県）、立田《たつた》（愛知県）の三大産地がある。いずれも不毛の湿地帯を、蓮根栽培によって支えられてきた。立田は都市ではないが、蓮根都市宣言を考えるほど、蓮根を大切にしているときく。

いい蓮根は、もっちりと甘くやわらかい。酢蓮《すばす》、煮含め、さんぴら、からし蓮根、蓮根の天ぷら……。刻んだ蓮根を入れて煮たお粥《かゆ》は、気分をさわやかにする。

蓮飯には若い巻き葉がはいるけれど、蓮根入りのごはんもいいものだ。

銀杏

「御堂筋の銀杏《ぎんなん》よ」大阪の知人が、小さなガラス瓶《びん》にはいった銀杏を渡してくださった。ふるさとのメーンストリートには、公孫樹《いちょう》の並木がつづいている。その実の収穫が、毎年、相当大きな市の財源になると聞いていたが、それが、だんだん質を悪化させてきた。なるほど、掌《てのひら》の上に数個のせてみただけでも、その萎縮《いしゅく》した変型がいたましくわかる。銀杏は、もっとうるわしく、つややかな碧玉《へきぎょく》の実だ。あの、ごうごうと戦車のような勢いで走りゆく、あまたの自動車を思う。排気ガスはもとよりのこと。騒音もまた、動物の場合と同じように、植物のいのちを、いたましめるものなのにちがいない。

つらさとなつかしさとが入りまじった気持ちで、しわんだ銀杏の実を口に入れた。

市場で求めたすこやかな銀杏は、どこの木の実であろうか。同じ茶碗蒸しでも、何粒か銀杏がはいっているだけで、その格調が上がる。

山野に出て、「林間に酒をあたためる」時など、あまり手のこんだ料理よりも、生椎茸を焼いたり、煎《い》り銀杏を散らしたりしたもののほうが、趣が深い。

白菜

まっしろな幅広の軸部に、しわしわ薄緑の葉部がついて、なたね科の白菜は美しい。そして、くせのない蔬菜《そさい》だ。

昨冬は、台風の影響と暖冬のために、白菜の葉がしっかりと合掌し合わなかった。京でも、一個八百円、九百円といった、たいへんな値がついていた。

今年は、みずみずしい白菜が安心して使えそうだ。鍋物や中国料理、また、糠《ぬか》やおこぶ、たかのつめをはさんだ塩漬がたのしみ。白菜のあまみは、純な豊かな風味である。

白菜だけの簡素なサラダ。薄いべっこう色に透き通った煮びたしの白菜。

豚や貝や海老《えび》やかしわなどと賑《にぎ》やかに合わせたくても、魚ひときれ好きなものを入手できなかった昔の、白菜だけとのつき合いが思い出される。その白菜も家族数によって、半分か四半分の一しか配給されない場合が多かった。

さまざまな野菜の積み上げられている八百屋さんの店先を、ときに、しみじみと眺めまわす。夢に似た人生に、ふたたび悪夢よ、あらわれることなかれ。

かんぴょう

寒い夏だったので、夕顔はあんまり元気よく花咲かなかった。その上、長雨にうたれて、かんぴょうを採る果実が、くさった。栃木のおくにから届いた数少ないかんぴょうを「どうぞ」と下さった方のお心に、ふるさとの畑のさびしさが思われていたことだろう。

瓢《ひさご》で作った炭取りは実の形そのままの品。毎年炭を盛って火鉢のそばに置いてある。

いただいたまっしろなかんぴょうを、結んでは鋏《はさみ》で切ってゆく。小さな時から母の手伝いで、お煮しめ用にと、いつとはなく覚えた手順だ。

長いまま煮たのは二、三本ずつ巻きずしの芯とし、刻んでばらずしにまぜもした。

ふるさとに独特の産物をもつ人は、うらやましい。その土地のものがいちばんいいという誇りが、ふるさとへの愛をより濃く、はぐくむ。それを味わうひとくちに、ふるさとの力が血となる。面倒でも、好む味の昆布巻は、自分で作る以外にない。やわらかくした昆布に、にしんのみならず、干魚、豚、かつお、いかなど、いろいろな材料を巻いてみる。ほどよい太さに、かんぴょうできゅっと胴を結ぶ。

葱

戦死した兄のことを、いつまでもなつかしがっているけれども、幼い頃は、よく喧嘩《けんか》をした。食事の時、ちゃぶ台のまわりへ隣どうしにすわると、必ずこぜり合いした。母か姉かが間に割ってはいるまでに、泣かされた。

冬の食卓に鮮やかな青葱《ねぎ》。牛肉や鶏のすきやきにせよ、沖すきにせよ、ざくざくと切った青葱が鉢に盛られていた。焼き豆腐やお麩《ふ》、糸こんにゃくなど、ほかの具は一品なくても、別段どうということもない。ただ、青葱だけは、なしですきやきをする気がしない。

「沖縄へ帰ってきてさびしいのは、青葱のないことですよ」と、沖縄で聞いたことがある。霜が降ると、ぐんとやわらかくなる葱は、亜熱帯では栽培が無理なのだ。

関西は青葱が主。関東では、根に土や砂をかけかけ育てる白葱がほとんどらしい。

すきやきの時、兄は火がさっと通ったばかりの、青美しい葱をつぎつぎとひきあげていた。たき過ぎない青さと風味とを好んでいたのだ。生き残ったこちらも、いつのまにやら、そのとおりに。

大根

つやつやと清らかな大根の並ぶ店先、品種によってちがう多様な姿に見惚《みと》れる。関西では大根のことを、「おだい」とよんで親しんできた。辛い夏大根、甘い冬大根。長大根、そしてやわらかな丸大根。

大根は、家庭料理の主人公だ。そして同時に、他のものを生かすみごとな脇役をも相勤める。一年中、大根の豊かな実力にすっかり甘えて、その慈愛に安らぐ。

「仕事の出先で、みごとな大根を見かけてね。脇に抱いて戻ってきましたの」

そう言って、五センチほどの分厚さに切ったほかほかのふろふきを、ごちそうしてくださった女性がある。家庭を大切にしながら、社会に活躍し、仕事にも台所にも、技と心とを傾けてたのしんでいらっしゃる方。とろりとかけた甘い赤味噌《あかみそ》に、ごまの香りが高かった。

京では白味噌をかけるところもある。おろしやなます、刺身《さしみ》のつま、野菜サラダなど、生はすがすがしい。薄味でことこと煮こんだ大根、千切りや切干しをおいしく煮る。かつおより、だしじゃこの味が、おばんざいの味だ。

山の芋

久しぶりに、丹波《たんば》の篠山《ささやま》を訪れた。ちょうど農業祭が催されていた。丹波牛がいる。花木の苗木がある。大粒の黒豆、そして名産の山の芋。

岩くれのようにごつごつした形の自然薯《じねんじょ》は、きめの濃い白い中身だ。すりおろすと、ぷっくり山のように盛り上がるほど。この弾力が頼もしい。

『吾輩は猫である』に登場するとんまなお泥さんが、大事な刀かと思って盗んでゆくのは、棒型の長薯《ながいも》のほうだ。栽培種の長薯は太く、なだらかで調理しやすい。長薯も自生のものは、やはり曲がりが多く、精悍《せいかん》である。

小さなむかごを見つけると、皮ごとごはんにまぜて炊く。山の芋を使った薯蕷《じょうよ》まんじゅうは、いつもあるが、「雪餅《もち》」だの「小雪」だのと名づけた、美しい純白の生菓子が、冬の間だけ作られている。鹿児島の「かるかん」もいい。昔は、とろろに卵を入れたけれど、このごろは何も入れない。白さと素朴さを尊んでいる。大根なますに千切りの山の芋を合わせた酢の物「雪酢」は、清らかな小鉢。お炬燵《こたつ》盆の上で、さりさりと食べる。

人参

「にんじんは、じめんのしたにたべるところがあるんだよ。したのえいようぶんを人げんがたべるんだね」（しげつなかずえ）――『じめんのうえとじめんのした』という本の読書感想文で、すばらしい小さな人の文章を読んだ。

幼い頃は人参の独特の風味が好きではなかった。せいぜいサラダへまぜる程度。西洋人参の樺《かば》色がモダンに思えた。けれど、世帯主となってからは、美しい紅色に濡れた金時《きんとき》人参をよく使う。人参の葉はパセリに似ている。

ときどき、きれいな葉があると、おひたしにしたり、刻んでいためものに加えたりする。ビタミンAを多く含むありがたい根が、栄養とは逆の食べてはならない重金属系の要素を吸収した。工場廃液によって人参畑の汚染されたニュースを聞いて、心痛んだことがある。このごろあの畑は、大丈夫なのだろうか。

最近は土を使わずにトマトや茄子《なす》が栽培されるとか。けれど根菜には、どうしても立派なお土が必要だ。かずえちゃんの文はいう。「じめんのしたって、ふしぎがいっぱいあるね」

百合根

おしつまった年の暮れ、いただいた小箱を開けると、おがくずに守られた百合根《ゆりね》がはいっていた。象牙《ぞうげ》色の豊かな鱗茎《りんけい》。しみひとつない清麗の百合根は、小さな蓮台《れんだい》を思わせる。形をつぶさぬように、うす甘く煮たり、煮つぶして玉子の黄身をまぜたり。百合根ごはんもたのしい。

いつだったか、南米ブラジルからの客人を迎えた時、「これは何か」とたずねられた。「百合の根ですよ。大好きなんです」と言ったら、そっと口に入れてみて、「日本人はふしぎなものを食べるのですね」

笹百合の根は知らないが、東北の鳴子《なるこ》から山百合の根が到来する。紫を帯びた細身の鱗片《りんぺん》だ。栽培種の淡雅な白百合とはちがって、山から採った野性の根は、ほろ苦く、もちもちしている。土に埋めたら茎がのびて、みごとに大きな花が咲いた。百、合うと書くめでたさ。香り高く姿美しい花を咲かすはずの根をよばれて、からだのなかに揺れ揺れる百合を感じる。お重《じゅう》にも百合根のきんとん。

四季の菓子

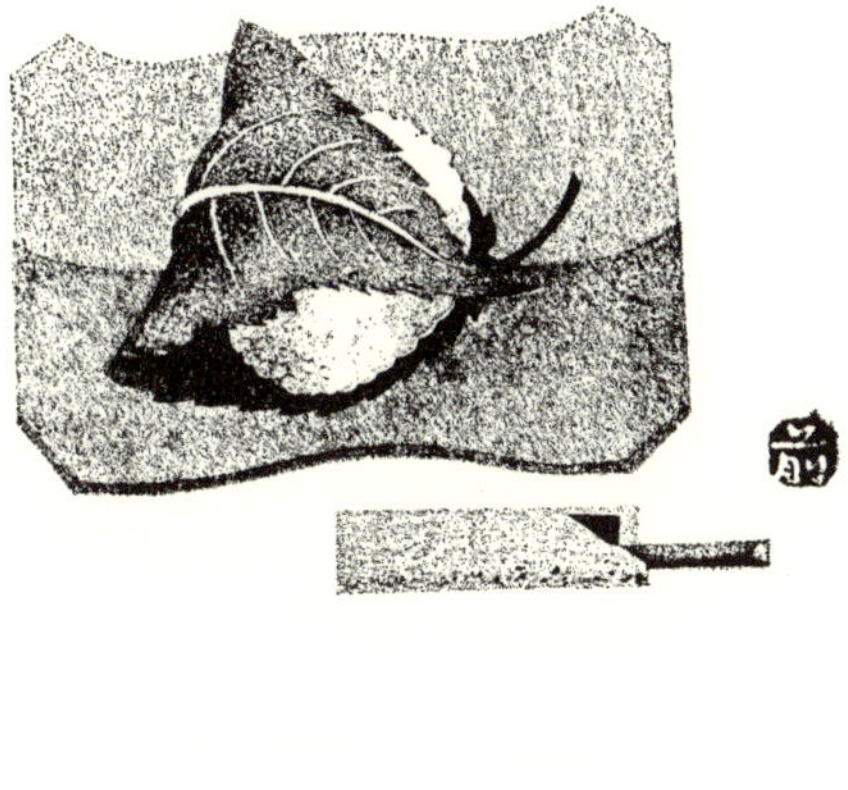

菓子を思う

昔も今も、人の子のたのしみは飲食だ。

世界中の食べものが集っている現在は、かつてない豊かな状況。しかし、この豊富さのなかで、飢えてきた。信じられるものが少なくなった。

昔、諸国からの税物を都へ運ばされた「脚夫《きゃくふ》」たちは、その往還に糧食が絶たれて、路傍に飢死するものが多かった。

奈良時代には、道すじに実の成る木々を植えるようにという指令がだされている。母たちは果物を「水菓子」とよんでいた。菓子の原型だ。

だが木の実が菓子としての余裕をもつまでには、貧しい庶民の苦しみにみちた生活史があったのだ。

このたびは洗練の名菓ではなく、先人たちにまっすぐに通う民衆の菓子の心をたずねたい。この国独特の四季のうつろいや、人情や、風俗や、美感覚を映しだす菓子が、ふとあたたかな思いを感じさせてくれるかもしれぬ。

干柿

いただいた美しい柿が、渋柿だった。皮をむいて串《くし》にさして干す。柿色の玉《ぎょく》ではないかと思われる透き通った果肉の輝き。ひとつは米びつの米のなかに埋める。ゼリーのようにやわらかくなれば、それをさじですくって食べよう。

日本の柿は、とくにすばらしい果実のひとつだ。みずみずしい水気を乾かせると、自然の甘みがたいそう深く濃くなる。

山の柿、野の柿。同じ干柿づくりでも、新年の鏡餅《かがみもち》に飾る串ざしの形から、よった縄の間に柿のへたをはめて干した、生がわきのもの、またへたを中央に平べったく押して乾かしたものなど、とりどりに風情や味が異なる。

生柿も美しいが、干柿がまた美しい。

こっくりとした濃茶色の実をひとつ、朱塗の菓子盆に置く。大きめなものは薄く切ってすこしをとりわける。菜種の花の黄に咲きかけた蕾《つぼみ》があれば、ほんのすこし柿のそばにそえる。盆の上がぱっと明るく、春がくる。

せんべい

「五節句と申しますやろ。その一月の節日《せちにち》がいつか、ご存知ですか」ときかれて、困ったことがある。他の奇数月の節句のように、月と同じ数字の日かと思ったが、そうではなかった。

一月だけは七日が節日で、人日《じんじつ》という。「七日占人」(『東方朔占書』)七草粥《ななくさがゆ》の日だ。その人日には、また、おせんべいを食べる風習が中国にあったようだ。

煎《い》った餅《もち》と書いて、せんべい。小麦粉、糯米粉《もちごめ》、粳米粉《うるち》、さらに各種の豆の粉など、多様な素材に、塩、砂糖、味噌《みそ》、醤油《しょうゆ》、玉子、海苔《のり》その他、豊富な調味や風味がみられる。

大きな金属板にはさんで薄く薄く焼いたものから、型にいれて焼いたもの、ふっくらふくらませたものなど、形も千変万化する。

新年の廻礼客のために、毎年松竹梅の模様を焼きいれた上品な麩《ふ》せんべいを用意していたのは、軽くて紋付のたもとにはいっても邪魔にならないためかと思っていた。おせんべいを食べて吉を祈念した風習の名残りが、新年とおせんべいを結びつけたのかもしれない。

安倍川餅

幼い人や若い人が、火鉢の火をみて「これはなに？」とたずねる。火鉢というあたたかな存在によりそう心のぬくもり。炭火でお餅《もち》を焼くたのしさは、いかに暖房が普及した時代でも忘れられない。

安倍川《あべかわ》餅は、静岡の阿倍川のほとりにあきなう名物餅だった。どこでもつくるきなこ餅だが、いまもその名がのこっている。

暮の顔見世「娘道成寺」の舞台で「鐘を見せてほしい」と頼む美しい白拍子に、居並ぶ所化《しょけ》たちが口をそろえていう。

「さあさあこちへ、きなこ餅きなこ餅」おどけのひとこま。

水餅や寒餅を、こんがりこげ目をつけて焼く。熱湯にじゅんとくぐらして、砂糖を加減したきなこ（大豆《だいず》を煎ってひいた粉）にまぶして食べる。よいきなこがほしいもの。

「次はだれ」と順番を待って、焼きあげる母の手を見守っていた夜を思いだす。寒風すさぶ夜の気配がふさわしい。せめては客人にともてなして、子なき女は母ごころを味わう。

すはま

子どもの頃には、何の感興もなかった。おとなたちが、「洲浜《すはま》、洲浜」とよろこんでいる様子を見ても、冷淡にしていた。子どものわたしの味覚では、この淡彩風雅なうま味が、味わいきれなかったのだ。

こうばしく煎った豆粉の匂いと、自然の風味を生かした甘み。粟飴《あめ》と砂糖とをまぜた、やわらかな口あたり。もちもちと舌や歯にさわるぐあいが味わいのひとつだ。

これは、かまずにひと口にのみこむような、気早者には無理かもしれない。すこしは心落ち着けて、ゆっくりとのどをこさせる、人の世のもの憂さ、情なさ、割り切れなさをかみしめて、しかも人なつかしく思われる味わいか。

割り竹三本使って、洲浜型にととのえてある。小さな団子に仕立てたものもある。大豆《だいず》の栄養と、日保ちのよさは実用的な特長だ。もてなしとしては、渋いたのしさ。あまり甘すぎないものほど、ありがたい。ほんのすこしを盛ってすすめるところに、風趣が漂う。

かりんとう

古渡《こわた》り駄菓子《だがし》の面目にかけて、かりんとうが気をはく。花林糖などと、美しい文字がその名にあてられている。渡来の菓子は、油で揚げたものが多く、銘がない。

かりかりと音たてて食べるのが、やんちゃでたのしい。

小麦粉に、水飴《あめ》や重曹をまぜて煉りあわせ、油で揚げる。揚げてあるだけでもおいしいはずだが、それに黒砂糖の衣をきせる。油と黒砂糖とが、甘いものの貴重であった時代の働き手を、どんなにか力づけ、よろこばせたことであろう。

小さなお茶の空缶《あきかん》にわたし分《ぶん》のかりんとうをいれてもらって、机の下に置いていた。

大阪では音をつめて、かりんとよぶ。あんまり固い時は、しばらく含んでいた。

「お砂糖はからだに悪い、甘いもんは食べ過ぎたらあきまへん」

と注意されていたから、お菓子を食べる時には、いつもひそかなおびえがつきまとっていた。その点、黒砂糖のかりんとうは心が軽かった。

永遠の菓子のひとつといえよう。

田舎まんじゅう

彼女は湖北の人である。日夜、琵琶湖に接して育った。ふるさとを離れてすでに三十年、時折思いあふれる語気で、ふるさとが語られる。

いつだったか、「ここの餅《もち》菓子は昔からたいそうおいしいの」といって、へちゃがった包みのおみやげを渡された。こびりついたへげをはがしてみると、大きめの田舎《いなか》まんじゅうと「編笠」。ゆるくといた小麦粉の薄皮が、中の小豆餡《あずきあん》を透かせてみせる。塩味がよく利いていて、おいしかった。

全国いたるところの菓子店で、田舎まんじゅうがつくられている。その大きさや味つけのちがいが、それぞれ、その味に親しんで育ったものの、「わが田舎」の味だろう。

湖北は雪が多い。

「広い湖上に、いちめんにしたたかな雪の降りしきる景色を一度見せたい」と彼女は目を細める。想像してさえ息をのむ。湖に降り消える雪の美しいまぼろし……。幼い頃と同じ田舎まんじゅうを食べながら話す人の額に、ふるさとが輝いていた。

うぐいす餅

はじめて京に移り住んだとき、鳴滝《なるたき》の四季の美しさに、いちいち息をのむ鮮かさを覚えた。二階からは他家の庭つづきの梅林が見おろせた。雪しぐれのなかに、雪か、花か。梅の枝から枝へと飛びまわるうぐいすが何羽もきていた。

春告鳥《はるつげどり》。

早春の空気に流れる梅の花の香気と、うぐいすの清らかな鳴き声。はだ寒いのも忘れて眺めていた梅林だったが、やがて切り倒されてしまった。うぐいすの行方やいずこ。

うぐいす餅《もち》は、ほんとうによくうぐいすに似ている。だれが青豆の粉を餅にまぶすことを思いついたのか。羽二重《はぶたえ》に似たなめらかなはだに、甘い小豆《あずき》の餡《あん》を抱く。前後をすっと細めてちんまりまとめられたそのまろい背の青い粉が、うぐいす餅独特の香りである。

一年中つくられているようだが、やはり浅春の菓子。いただいた箱をひらいて、思わず声がはなやぐ。「いやァ、うぐいす餅やわ」

これは春告餅。

砂糖漬

甘い砂糖にも、塩と同じように、腐敗を防ぐ力がある。だが塩に比べて砂糖は貴重品だった。戦国時代の茶席では砂糖が珍重されている。

りんごの淡くすがすがしい味を匂わせる砂糖漬を、よばれたことがある。蕗《ふき》やぶどう、茄子《なす》やわらびもあった。文旦《ぶんたん》漬とよばれる内紫の砂糖漬は有名だ。

砂糖漬は、誰にでもできそうだ。

けれども、自然の風味を生かすためには、細心の注意が要るのだろう。せっかくの果物や野菜を、多量の砂糖で殺して、何を食べても砂糖の味しかしないようでは、何をしていることか、わからない。

苦いものは苦く、香りあるものは香り高く、酢っぱいものは酢っぱく、しみじみと煮こむ。薄い蜜から濃い蜜に、何回も煮る。白砂糖をまぶす。

人にすすめる時は、砂糖をよくはらって、できるだけ舌に砂糖をあてないくふうをしたい。もちろん、めずらしさが、もてなしの本意だ。

酒まんじゅう

繁華街の小さな角店《かどみせ》で、酒《さか》まんじゅうが湯気をあげていた。せいろまでが酒の匂いを染みこませていることだろう。ゆきずりに甘ずっぱい匂いをかぐだけで、なんとなく慰められる。あたたかいのがうれしいまんじゅうだ。

酒気《しゅき》と餡《あん》とは、あまり仲がよくない。ところが餡でお酒を飲むのも、案外にたのしい。ただひたすらに甘く甘くというのではなく、いささか酒気を加えた甘さには、ふしぎな情感が漂う。

田舎まんじゅうの応用か、清酒のまぜ合わせてある皮は、うす手でやぶれやすい。これはわがひ弱の性がそう思わせるのかもしれないが、酒まんじゅうは傷心の夜にふさわしい。すっかり冷えた酒まんじゅうをふかし直して、あたたかな酒気にむせる時には、まだいくらかの余裕がある。

店先での湯気につられて買ってきた酒まんじゅうを、つめたいままのどにつめる思いで食べた夜、そんな夜が、いつか遠くにあったような気がする。

節分菓子

年のことはいわぬが花。

いつから数を数えないままに、年の豆を口に運ぶようになったのか。ただ、しみじみと火を通して煎《い》っただけの大豆《だいず》の、甘さ、こうばしさに、大豆の価値を再確認する。「福は内！　鬼も内！」縁の深いわれらが鬼もともどもに、白然の暦の冬から春へ。節分の夜は人間以外に動いているものの気配が濃くて、にぎやかな気分になる。

京の菓子司では、この二、三日しか作らないという各店独特の趣向菓子が、念入りに仕立てられて店頭にあらわれる。吉祥を祈った年越しのくばりものとされもする。大黒天にちなんだ俵《たわら》型の餅《もち》や、お多福《たふく》豆ともよばれるそらまめを摸した白餡《あん》の粉皮まんじゅうなど。「今年もまた」同じ菓子に出会うのはなつかしい。

昔ながらの細長いお多福飴《あめ》は、どこを切ってもにこやかなお多福の顔。鋭角の美よりもまろい美が、やはり最高の美女である。

多々福々。うそ寒いのどに、春のような笑顔がすべりこむ。

ドーナツ

小さな者には簡単なドーナツづくりも、手に余った。油を使う揚げものだけに、おとなたちは「危い、危い」と心配した。

バターを煉って、砂糖をいれて、玉子や牛乳でとろりとさせたところへ粉、ベーキング・パウダーなどをまぜ合わせる。

まな板の上に粉をひいて、型をとる。それがなかなかうまくいかない。こねかたがちゃんとできていないと、へたへたくずれる。

服も顔も、たちまち白い粉にまみれて、「いややわ、この子」と、姉にはじかれた。

でも、みんなはじめは、そのように大騒動して覚えるのだ。

子どもの頃は、キラキラ輝く砂糖をたっぷりまぶしつけた。自分のつくった歪《ゆが》んだ輪のドーナツは、かならず自分が味わって食べた。手づくりのたのしさは、その頃から。

いまは「なんだ、ドーナツか」と軽んじられているのではないか。しっかりしたドーナツをあきなう店が、すくないようだ。

椿餅

蕾《つぼみ》の椿《つばき》をひと枝、竹筒にいけた。

そのとき切りはらった余分の葉が、いかにもつやつやしい濃緑で棄てかねる。水で洗って皿にのせる。清らかな玉椿の葉の艶《つや》がかがやく。

遠き代、椿餅《もち》をつくりはじめた人は、この椿の葉への愛情からこの餅の形を思いついたのではないだろうか。『和菓子の系譜』（中村孝也著）によると、平安の昔は砂糖のかわりに甘葛《あまづら》をかけて餅とし、椿の葉を二枚合わせて丸くつつみ、薄い紙の帯で結んだものらしい。

いま、この古典通りの形のものをみかけない。

むした餅米を乾した「道明寺《どうみょうじ》」は、芯《しん》までふっくらと、しかもきりっとふかすのが、なかなかむつかしい。透明にむせた道明寺に砂糖を加えて、すこしついて椿餅の中身とする。ニッキをいれたうす茶色の餅もある。

中を表にして餅の上にのっている椿の葉を、そっととる。

あっさりとしていやみのない、飽きない味だ。

みかさ

皮の焼きようで、味がちがう。

玉子の香りと、緻密《ちみつ》なきめをもつ二枚の皮の間に、餡《あん》をはさむ。小豆《あずき》のつぶ餡が多いが、中にはうぐいす餡や白餡の品もある。ひとくちの小型ものから、八つくらいに切りわけないと食べられないほど大型のものまで、さまざまみられる。

名の通り、まるで、三笠《みかさ》山のようになだらかな丘型の線をもっている。ふっくらとしたやわらかな皮のもつ安らかさが、古代人のいとしんだ三笠山へのあこがれと重なる。

すべてに保存力が尊ばれ、味気ないビニール袋に閉じこめられたものが多い。名店の品から、ぞんざいにつくられたみやげ用に至るまで、どこにいってもみかける菓子のひとつになってしまった。そのため、おのずからなる風雅を見失ったのだろう。

いつつくられたのかわからない品ではなく、ふうわりと焼かれたぬくみが手にうつる、焼きたてのみかさを得るよろこびは大きい。

初々しい味がありがたく、甘党のお隣にもなどと、つい余計に求めてしまう。

夜の梅

江戸千代紙の名品のひとつに、夜の梅というのがあった。紺地に、紅白の梅、茶色の小枝が散っている。羽織にして着てみたいような千代紙だった。この千代紙では、紺の闇《やみ》のなかにも紅白の色をはっきり明かしている。感じている。夢の夜の梅である。

もう何年もの昔、月ヶ瀬をたずねて、夜、梅林をさまよった。闇のなかで紅は暗い。うす紅や白の花が、目を凝らしてみて、ようようそれかと感じられる点となって匂っていた。

上質の寒天と小豆《あずき》の漉《こ》し餡《あん》と和三盆《わさんぼん》を使って、煉りあげた深紫の羊羹《ようかん》のところどころに、蜜づけの大きな小豆が花の影のように散っている。

よくもこの羊羹《ようかん》が夜の梅と名づけられたもの。

あるいは、創始者の夜の梅への愛着が、この写実の羊羹を生んだのかとも。

よくできた羊羹である。数ある羊羹のなかでも、その気品において、銘と実との美しさにおいて、出色のできであろう。

梅はまだかとたずねる心に、夜の梅のひと切れがよりそって咲く。

雛菓子

「メキシコからお友だちがくるの。いっしょにお雛《ひな》さまをみにゆきます」

と、八歳の坊やから訪問の予約があった。

宵雛の日から旧の雛祭まで、一カ月のあいだ雛を飾る。一対の人形が肩を並べるあたり、明りがともったように思われて、たのしい。

小さな人型である雛人形に、菓子の雛型を供える。雛菓子はほとんどが干菓子で、実際に食べるよりも飾るほうに重点が置かれている。

砂糖でかためた小鯛、小さな落雁《らくがん》の貝づくし、いりあられ、それに季節の紅桜や黄の蝶《ちょう》、つくしなど。いかにも可愛くつくられた雛菓子には食用染料が多く使われている。

うっかり口にいれると、舌にきつい色彩が着くけれど、雛の前で食べられもすることが、子どもには実感がこもって、うれしい。

中心に紅や青の芯をつけ、外が黒いのり巻ずしの小さな雛型があって、「遊び」の雰囲《ふんい》気《き》をたかめる。お雛さまが、小さなおくちに巻ずしをあてる夢をみて眠った昔がある。

甘酒

慣れぬ町を歩きまわって疲れた時や、からだや心が冷えて、心もとない時など……、甘酒ののれんをみつけると、ほっとする。

だが、薄すぎたり、なまぬるかったりして、いささか物足りない甘酒であることが多い。

ところが思い出となると、かえってそれも風情《ふぜい》めかしく思われる。

はかない一夜《ひとよ》酒なればこそであろうか。

酒粕《さけかす》で作る便法もあるが、うるちや、もちごめの熱い飯に麹《こうじ》をまぜて発酵させた甘酒を、しっかり熱くしてすすりたい。

ふうふう湯気を吹き、ぴりっと利く生姜《しょうが》の香をよろこぶ。

身の罪けがれを人型に移して招福を願う上巳《じょうし》の季節だ。

深夜、夜食がわりの甘酒をぬくめて雛《ひな》にも献じる。

雪洞《ぼんぼり》の火明《ほあか》りで、雛と「夜咄《よばな》し」の趣き。

白酒ならぬ甘酒にも、早春の夜の空気がうるおう。

プリン

ぷるぷるふるえるもんは、にが手なんや。そういってプリンを食べない友人がいる。お豆腐の大好きなわたしは、玉子豆腐も、茶碗むしも好き。小さな人とひとしなみにプリンをいくつも食べる。そのぷるぷるが、たのしいのだもの。

プリンは、牛乳と玉子の、香りのする甘い本体と、砂糖をいためてつくったカラメルソースの苦味とが、舌の上で溶けまざるところがいい。

何度か失敗しながらも、思うとおりのプリンがつくれた時は、うれしかった。

どちらかといえば、固くした形のよいプリンよりも、いまにもくずれそうな不安定要素に揺れるプリンが好きだ。

せっかくの苦味の帽子、かんばしい焦茶色のソースをのせないものは、プリンといいたくない。

「どうか生クリームをのっけないで、そのまま持ってきてくださいね」

と頼む。食事時をはずしたひとときの虫やしないに、やさしくふるえるプリンを口に運ぶ。

よもぎ餅

野草は年々遠くなってゆく。アスファルトの下に数えきれない草や虫のいのちをとざして、細道までも舗装してしまった都会。

寂しさに加茂の河原をさまよひてよもぎを踏めば君が香ぞする　（吉井勇）

いまはよもぎつみにもゆかなくなった生活で、香り高い早春のよもぎ若葉を思うのは、恋に似ている。

「あ、草餅《もち》」と足をとめたら、「あの緑は色粉よ」と注意された。

新粉《しんこ》に、うら若いよもぎの葉を切りまぜてつきこみ、むしてつくる。

同じよもぎ餅でも、店によってすっかりちがった、よもぎの在りようだ。本物のよもぎのほろにがさが尊い。香りと苦みとが中の餡《あん》をいっそうおいしく、ひきたてる。

旧の三月三日、女はみんな海辺にでて波にたわむれ、よもぎ餅を食べて身を清めるならわしが、沖縄の先島《さきしま》にもあった。家紋とは別に、自分の好きな草木で飾り紋をつくる人もある世の中。わたしなら野生のよもぎ紋を。

カスティラ

はじめてカスティラを味わったのは、安土《あづち》桃山時代の人びとか。

それまでの菓子とはまったくちがって、ふわふわふくらんだ小麦粉の台。たっぷりと使った玉子の香りと上品な甘さとに、「世にはかくもうまき菓子のありたるか」とおどろいたことと思われる。

チョコレートやシュークリームのひとくちひとくちに、先人のカスティラ感動を追体験したもの。いまの子は何にその新鮮を味わうのか。

イスパニヤか、ポルトガルか。南蛮文明への憧憬と異国への夢にみちたモダンなカスティラは、長崎に根をおろして、この国の重要な菓子となった。

いまやカスティラは古典だ。

吟味した材料を惜しみなく使って、入念に仕上げたカスティラには品格がある。

ふだんはケーキに気を奪われて、あまりほしいとは思わないが、病いにこもると、なつかしい。焼きたてのカスティラには太陽の匂いがこもっているようで、なんとなく安らぐ。

あんころ

東大寺で、古くから伝承されている「結解料理《けつげりょうり》」のお相伴《しょうばん》にあずかったことがある。なまぐさものがないのは当然だが、そうめん、さつま芋の天ぷら、せんべい麩《ふ》のおつゆなどの献立のなかに、「小豆餅《あずきもち》」のお椀があっておどろいた。朱塗の椀の蓋をとると中に三つ、まるいこし餡《あん》のあんころがはいっている。さすがにおいしい。はしたなきことながら、みんなよばれてしまった。そっとみると、お隣の男性は、ほとんどのこしておられた。

酒豪は、あんころを敬遠されたのか。

平安以後は中国からの菓子製造法が伝わって、饗応《きょうおう》の膳《ぜん》に菓子が酒菜《さかな》として用いられたという。当時はそうめんや、うどんも菓子。結解料理は魚（真菜《まな》）をしりぞけた、古式の酒菜膳部《ぜんぶ》であった。

お彼岸に必ず作るお供えや、お供養《くよう》のあんころ。ただ、あまいものというだけではなく、み仏や亡き人への酒菜の意が含まれてきたのではないか。

塩餡《あん》にするも、またさわやか。

吹きよせ

ごま、生姜《しょうが》、小豆《あずき》、玉子……さまざまな味わいを加味した小さなおせんべいが、集められている。折りつまんだ形、菊の形、ひとつひとつ、ちょっと眺めながら、ひとくちにかりりと食べてしまう。白く軽い巻きせんべいもまざって、気分がかわる。

同じ味でないものが、ひとつに吹きよせられている吹きよせ。

昔の寄席で、つぎつぎとちがった曲がひきつづいて演奏されるのを、吹きよせといっていた。いまでいうメドレーか。あれは十歳前後の頃ではなかったか。

人のはいっていない新町の寄席に、連れていってもらった遠い記憶がある。なんだか暗く寒く、さびしかった雰囲気を覚えている。

その頃を知っている舞台人は、もう少なくなった。わたしを連れていってくれた当時のおとなたちは、すでに先立ってしまった。そしてまた、さんたんたる不況と混迷……。

春炬燵《ごたつ》に膝をいれて、朱塗の木皿にいれた吹きよせをつまみながら、通信物をひらく。なにともなく、吉《よ》き報せを待つの思いだ。

みつ豆

「ねえ、ここのみつ豆には豆がありませんの？」

ときいたことがある。若い店員さんが、

「豆があるもんなんですか？」

と、たずね返した。あら、みつと豆とがあるからこそ、みつ豆なのではなかったかしら。あの塩ゆでの赤えんどう豆は、他の豆には置きかえられない「みつ豆の豆」である。豆がひとつでも多いようにと、スプンで豆を探したものだ。賽《さい》の目に切った寒天が主役で、紅白の求肥《ぎゅうひ》や薄く切ったパイナップルやりんご、さくらんぼなどが上に置かれていた。黒みつ。白みつ。好みのみつを選んでいれた思い出もある。

いまは、みつ豆に豆がなくて、かわりに小倉餡《あん》やアイスクリームが坐り、その上から生クリームをかけるといった超特大のみつ豆がある。簡素で可憐な、みつ豆がなつかしい。豆のはいったみつ豆にであうと、うれしいのだが、今日味わった老舗のも、たった三粒しかはいっていなかった。どうして豆が逃げるのかしら。

桜餅

花だよりは、いまが盛りか。

蕾《つぼみ》ふくらむ。胸ふくらむ。八分咲。思い八分咲。散り初め。心散り初め。

冬の寒さがとりわけきびしかったこの春の桜。深くたくわえられていた桜の艶が、いっせいに花ひらく。春があまり美しいと、かえって不安になるのはなぜか。

桜いろに色づけた餅《もち》米の餅。道明寺粉だけのものもある。すこしはつきくだいてあるけれど、粒の形がまだのこっている。中の餡《あん》はこし餡がいい。

そして葉。塩づけにした桜の葉で巻いてある。食べる時、桜の葉の香りがぷんとする。花はあまり強く匂わないのに。

ひところ、青々しいつくりものの葉が幅を利かした。つくりものの葉で巻いて何の桜餅か。風土が生んだやさしの味わいなのに、葉の香りのない桜餅なんて。すこし細めに姿よくつくられたある店の桜餅は、餅もさりながら葉が若くて、やわらかい。

初々しさがうれしくて、葉もともに食べてしまう。

花見だんご

「都をどりは、よーいやさあ！」

咲く花に競《きそ》う人の花。はなやかな都をどりの幕があがる。

都をどりは明治初年から。戦前、都をどりの抹茶《まっちゃ》接待にでる菓子皿、祇園の八つ団子を描いた楽焼《らくや》き皿を、毎年ひとつずつためて、よろこんでいる人がいた。当時の皿には、雅趣があった。

花見だんごには、野外がふさわしい。手に串をもち、かぶって食べるようにつくられている。まんまくをめぐらした花見の席か、散りかかる花の下かげか。

うす紅へうす緑、そして白の三色のだんごがひと串にさされている。内に餡《あん》を抱いていないしんこだんご。淡い色のとり合わせ、まんまるの形、素朴な味など、しごく明るい。

やがて春が、らんじゅくすれば、花に疲れ、人に疲れる。

あさましきまでみだれた世への怒りも重なって、庶民の春愁は深まるばかりだ。

せめてひと串の花見だんごに、かげりなき陽気を呼ぼうか。

ぽーぽー

ふくふくと湯気のたつおやつだった。メリケン粉のあたたかな巻き皮に黒砂糖の蜜がかけられていた。「まあなつかしい。子どものころのどろやきによく似ているわ。こんなおやつ大好き」幼い人と同じように、おかわりをもらった。

沖縄初の調理師学校をも開校される新島正子《にいじままさこ》料理学院院長の美しい著書『琉球料理』をみる。

ぽーぽー。わたしがよばれたぽーぽーは、略式のおやつ。正式のぽーぽーは、ベーキング・パウダーをまぜたメリケン粉の皮の芯に豚味噌《みそ》を巻くとある。一見、餡巻《あんまき》のようだ。

「茹《ゆ》でた肩ロースをみじん切りにしてフライパンで炒《いた》め、甘味噌、砂糖をまぜてさらによく炒める。おろしぎわに、生姜《しょうが》のみじん切りを加える」

餡の代りに中国風の豚味噌を巻きこんだぽーぽー、さぞおいしいことだろう。

ぽーぽーを食べずに育った沖縄人《うちなんちゅ》は、いないのではないか。

ぽーぽーは、包包からきたことばともきく。

わらび餅

「わらび餅《もち》」と、はためくのぼり。けれど、いまはほとんどが「わらび餅」という名の「くず餅」。くずには、くずのよろしさがあるが、やはり「ほんま（ほんと）のわらび餅」を手厚くつくっている店は、素通りできない。

わらびは、いい草である。

やさしく萌《も》えでた早《さ》わらびで、わらびごはんやおひたしを。そして根のでんぷんは貴重なエネルギイ。

東北はいうに及ばぬ。古来、飢えたる民衆は、わらびの根をかじって生きのびてきた。わらび粉を水で溶き、煮て固く煉る。よく煉るほど、こしが強くなる。四角に切って、こうばしい砂糖きな粉にまぶす。心をなごめる素直な風味だ。

時になつかしいのは、子どものころ、「しがらき……わらび餅」と流して通った屋台のわらび餅。ひと口ほどの小ささで、きな粉のほか、青のりやごまなどもまぶした。舟型のへぎから妻楊枝で「買いぐい」の罪におびえながら食べた、あのわらび餅のおいしかったこと。

こんぺいとう

天からくだけ散った星のかけらか。珊瑚《さんご》砂の結晶か。五色《ごしき》の粒をてのひらにのせると、おとなになったあとも幼な心がときめく。こんぺいとうは夢の菓子、星の菓子だ。「糖花」とも書く。花はこごめか、霞草《かすみそう》か。繊細な結晶の角《つの》がするどくて、涼しい風情をもつものがある反面、大きくどんぐりした感じのものもある。ガラスの壺に入っているこんぺいとうを耳もとでふると、りんりん鈴のように鳴りそうな錯覚をもつ。

白砂糖や氷砂糖をとろっと煮つめ、別の銅鍋で胡麻《ごま》やけしのみを煎り、そこへ砂糖を流すのらしい。

「則《すなわ》ち胡麻は一粒毎《ごと》に衣を被《かつ》ぐ。亦《また》奇なり」（『和漢三才図絵』）

誰がそんな「奇蹟」を発見したのだろう。ポルトガルから渡ってきた魔法のひとつ。手なれた人の自在の呼吸が、つぶつぶの美しさを形づくる。あまり清らかで、人の世の菓子とも思われぬ。

ちまき

茅萱《ちがや》はその根を薬用とする野草。昔は茅萱の葉で巻いた茅巻《ちまき》であった。いまは熊笹の葉で巻く。柏餅《かしわもち》の香り、菖蒲《しょうぶ》の葉を浮かした菖蒲湯の匂い。端午《たんご》の節句は葉のかんばしさによって邪気を払う。昔から薬草を摘む日とされ、戦前まで五月五日には大きな薬玉《くすだま》を飾っていた。菖蒲を尚武《しょうぶ》とこじつけた男子の節句から、「世界こどもの日」に解放されたのが、うれしい。

ちまきの出自《しゅつじ》は古い。潔白の志が楚王に容れられず汨羅《べきら》に入水した屈原《くつげん》を慕い、ちまきが水中に投げいれられたという。その遺俗をひくのか、中国のちまきは三角形で、内に果実の餡《あん》をつつんでいる（目加田誠著『屈原』）そうだ。

この国では円錐《えんすい》形で、餡をつつまぬ。うるちと、もちの米の粉を好みのわり合いにまぜ、水にこねて葉でつつむ。作り手によって塩、砂糖、味噌《みそ》、小豆《あずき》、チョコレートなどと、くふうがこらされる。透き通ったくず仕立てのちまきも忘れがたい。

綿菓子

質のよい白ざらめの砂糖を、ほんのひとすくい。くるくるまわる大枠の中心にある筒に砂糖の結晶をそそぐと、みるまにふうわり枠のなかへ綿《わた》がにじみでてくる。まるで煙のような霞《かすみ》のような、綿菓子。割りばし一本で、その綿をまといつけてゆく手なれた手つきに見入る。面白くて、いつまでも見飽きない。

「ふしぎですねえ。どうしてそんなふうになるのでしょうね」

と、ため息まじりに問いかける。

「昔は電動ではありませんがね。ずっと前からありますよ」

あった、たしかに幼い時に、顔をつっこむようにして食べた。口にいれると綿はスッと消える。上手に食べないと手や顔にニチャニチャくっついた。甘くはかない味だ。

亡くなったマリリン・モンローがこの綿菓子をもって、気のよい酒場女を演じていたことがある。映画「バス・ストップ」にみた若きモンローの頬《ほお》は、綿菓子によく似合っていた。彼女の生来のあどけなさが、いま思えば、はかなくも甘悲しい。

かきもち

「おかきはどう？　いま、手焼きのかきもちを買ってきたところなの」

こうばしいお茶と、白やきのおかきと。すがすがしいおもてなしだ。

若緑の風の匂やかな午後――。よく乾いたおかきを、ぱりぱりと音をたてて食べるのは気持がよい。淡い塩味が、噛んでいるうちに甘みを含んでくる。おいしい。

「おかきは、きらいじゃないのよ。おいしいおかきだと、つい食べすぎるでしょう。それが心配で、つい」

わりに分厚くつくられたかきもちだ。この厚さに乾燥した餅《もち》を、こがさず芯までよく火を通すには、綿密な気くばりが必要だ。それに白い肌《はだ》が、美しい火色に焼かれていなければならない。こんな丹念《たんねん》なかきもちを商うお店のあるのが心強い。手間をかけず簡単に、利益のみをあげようとする心では無理だろう。

毎年、八十余歳のおとしよりのご丹精《たんせい》のかきもちをいただく。これはお醤油《しょうゆ》のつけ焼だが、一枚一枚、焦茶色に照り映えて美しい。ひとりじめにして大切にたのしむ。

汁粉

もともと、ゆで小豆《あずき》の好きな娘であった。それに戦争中は、小豆の皮を棄てるどころの生活ではなかった。きめこまやかに裏ごししたこし餡《あん》のうまみが、しみじみ理解できたのは、おとなになってからのこと。

お汁粉《しるこ》は、こし餡をのばした汁。濃いと餡に近くなるし、薄いと味わいの気がぬける。また、あまり甘いと風雅さを失い、水くさいのは物足りない。

ほんのすこし塩をいれるのが好きな人、絶対に塩はいれないでという人。

濃度と、甘みや塩味の程度が、汁粉の価値をきめる。

同じ自分の口でも、その季節や、からだの状況や、時刻などによって、微妙に「ほしい」味がかわる。おぜんざいより繊細な風味である。

栗、生麩《なまふ》、餅《もち》などを浮かすこともあるが、汁粉の繊細さにもっともよく調和するのは白玉ではないか。「耳たぶほど」にやわらかい小さな白玉を二つ三つ浮かした、渋むらさきの汁粉の椀。人に告げるほどもない悲しみや疲れが、ふと慰められるようだ。

みたらし

テレビで、御手洗《みたらし》団子を食べる落語をみた。やんちゃな子にせがまれて、屋台のみたらしを買い与える男。買い手と売り手との対話。子と父との会話。間《ま》のぬけたやりとりにからまって、ずるずるみたらしの蜜をすするおいしそうな口つき。みているうちに、急にみたらしが食べたくなった。

焼きたてのあつあつを味わうには、やはりその場で口に運ばなくてはならない。ときどき、屋台や駅の構内売店などで焼いているのを、横眼で見ながら、いつも素通り。

蜜の味、団子の粉の合わせようなどに、それぞれの店のくふうがあろう。たこやきや、つぼやきとともに、「いつかは」と願っているもののひとつだ。

京都下鴨神社に、斎王《さいおう》みそぎの御手洗池がある。土用には、民衆がはだしで池にはいって、邪気払いを祈念する「足つけの神事」の一夜をもつ。

きけば、この池の水玉をかたどって、小さな串団子が生まれたとやら。ならば可愛らしい水玉団子だ。

水羊羹

「もう水羊羹《みずようかん》がでましたの」

缶詰のなかった昔、近くの店に水羊羹が姿をあらわすと、初夏であった。浅緑だったやわらかな若葉が、色も形もようやく青葉らしくととのってきている。その青葉をしいて水羊羹をひと切れ。

すこし冷やして、するっと食べる、口あたりのよさがたのしい。

良質の小豆《あずき》の、それもできるだけあくをぬいたこし餡《あん》を寒天でかためたもの。濃い餡を固く固く煉りきった煉羊羹とはまったく逆で、日保《も》ちがしない。まるで露を含むように、あっさりと溶ける。

むし暑く、心弱った日の青葉は、いささかやりきれない。心が明るくなると、同じ青葉がかがやく。これからは、なんでも冷蔵庫にいれて冷やせばよいと思いがちだけれど、そのものにふさわしい温度が大切だ。水羊羹も冷やしすぎると、冷えに味が奪われてしまう。ほのかな小豆の香りを舌にのこしたい。

はったい粉

山国への街道をたどると、「はったい粉あります」などと張り紙した民家がみうけられる。はったい粉に砂糖をまぜたものを、匙《さじ》ですくって口にいれる。

幼い頃はうまくこなせなくて、どうしようかと思うほどむせんだもの。

いまは女流の陶芸が盛んである。その先達ともいうべき蓮月尼《れんげつに》は、芸術品をという気はさらになく、生計をたてるためにのみ、日用雑器を作った。か細い尼の手で生みだされた急須《きゅうす》や茶碗の薄さ軽さ。使いやすい、くふうが尊い。

尼は仕事の合間に、よくはったい粉を食べたらしい。幕末の老尼の口に味わわれたはったい粉には、自然の甘さを生かした塩味の煉りが想像される。

粉は大麦の煎りようや、ひきようで風味がかわる。

いまのわたしは、やや煎りすぎた感じのこうばしい粉に、蜂蜜《はちみつ》のひとすくいを加え、熱湯かお茶で煉る。

おやつに、夜食に、ひと椀のはったい粉を食べながら、先人の生活をしのぶ。

サーターアンダーギー

蓋をあけると、大型のサーターアンダーギー（砂糖天ぷら）が九個並んでいた。糸満《いとまん》から東京へでて働いている若い女性からの贈りものである。彼女からはこれで三度目。少女時代から何度か、味をみせてもらった。「ずっと上手になりましたよ」とある。どれどれ。

たしかに、形からして美しいチューリップ型に揚がっている。

サーターアンダーギーは、沖縄のドーナツとでもいいたい揚げ菓子だ。どこへいっても手作りでもてなされる。家庭菓子の代表である。ベーキング・パウダーがはいっているのに、水を使わないからか、かしっとひきしまっている。

卵と砂糖をよくときまぜて、ベーキング・パウダーとメリケン粉を加える。サラダオイルや落花生《らっかせい》も好みにいれて、低めの温度でゆっくりと揚げる。

母から娘へ、祖母から孫へ、手から手へと伝えられてきたこつがあるのだろう。

「もう大丈夫。立派だわ」

いきいきと生きる沖縄の熱い魂をこめたお菓子。ごちそうさま。

水無月

洛北に移り住んだ年、六月下旬に近くの老舗《しにせ》から註文をとる人がみえた。

「おうちの水無月《みなづき》、どないしまひょう」

おどろいた。京の民家では六月三十日、夏越《なご》しの大祓《おおはらえ》の日に水無月を食べるならわしが、生きていた。

ふつう、水無月とは陰暦六月の異称であって、いわば灼熱月。罪けがれをはらって無事を祈る「晦日《つごもり》の祓《はらい》」がある。なぜ、ういろう台に甘煮小豆《あずき》をのせてむした三角型の餅《もち》菓子が、この厄除け日の神菓子とされたのか、起源を知らない。三角型の鱗《うろこ》模様から連想して、巳《み》信仰の展開かと考えたりする。

百貨店や町の生菓子店では、一年じゅう並んでいる各種のういろう（しん粉やもち粉、砂糖と水を煉りあげてむす）のなかに、水無月と同じものをよくみかける。この日だけは茶入りの緑台と、白台との水無月が、上菓子店でも作られる。たまたま、この日に来られた客人に、由来を話して水無月を供した。「いい日にきたもの」とよろこばれた。

どろやき

おやつが途切れたのか、子どもの機嫌がよくなかったのか、「そんなら、どろやきしたげまほ」と、母はうれしそうな声をあげて、たちあがった。

うす甘く味つけした水どきのメリケン粉をいれた銅の容器を傾ける。鉄板の上に細い口から流れる液で線画を描く。さきに描いた線がこんがり焼けた頃に、すきまに液を流した。平ったく焼いて裏返すと、くっきり絵が浮いた。

「ほら、藁《わら》ぶきの屋根の家のそばに、松の木がたってるとこ。今度はおかめの顔でっせ」

絵のパターンは、いつも決まっていた。母は勢よく馴れた手つきで、フライパンからはみでるほど大きな絵を描いた。

幼い手では「なんでこないにうまいこといけへんねんやろ」と思うほど、ゆがむ。

それでも、子は自分で焼くたのしさに、われを忘れて熱中した。

じけじけ底冷えする長雨の季節など、母は子の「おなか」の安全をも考えて、どろやきで遊ばせたのかもしれない。

白玉

夏は白玉、冬はうるめの丸ぼし。
しら玉をたべるもほんのすこしかな。

ひとひらのはがきが、岡本文弥師匠の夏を運ぶ。つねに世の底辺におしつぶされてきた非命の遊女の情を、凄艶に語りつづけてこられた新内《しんない》のせかい。男の徒心《あだごころ》に身をさいなまれて苦しんだ薄倖の女人たちもまた、同じたべものに、ひとときの安らぎを味わったのではないか。

白玉粉とよぶよりは、寒《かん》ざらしといったほうが、「ぜいたくやな」とよろこんだ身内のとしよりたちの面影が濃くうかぶ。寒中にさらした餅《もち》米とうるちをあわせて水にひたし、粉にして布でしぼってつくった粉。きめがとくに細やかなせいか、水をいれすぎると形がとのわず、見た目のみを重んじると固くなる。小さな白玉、わずかな紅を加えた淡紅の玉をもゆでて、ちょっとお砂糖をふりかける。冷水に放って、とりわけるのもよし、逆に生《しょう》姜《が》をしぼりこんだ熱い砂糖湯をかけるのも、さっぱりとする。やさしの白玉。

ぼうろ

防疫体制の弱かった昔、夏は伝染疫病への恐怖の季節だった。なんでも口にもっていく幼児には、ぼうろ。

「ぼうる」ともよぶ。小さな口にはいるような小型のものから、球型の落し焼といえるものまで、そうじてぼうろ類は「おなかに安全」だ。

小麦粉とお砂糖だけのものから、玉子を加えた玉子ぼうろ、またそば粉仕立てのこうばしいそばぼうろその他、何種類も作られている。風味や形に店独特のくふうがある。

やわらか焼、固焼。夏分の贈答には、「ぼうろにしときなはれ、まちがいないよって」とよく使われたものだ。

戦前、週に一度、見本箱をもって註文をとりにみえた出入りの店では、註文とは別に、ぼうろを絶やさず届けてきた。子どものいる家庭では「常備」菓子のひとつであった。

カスティラと同じ、ポルトガルから渡来の菓子ながら、いち早く庶民の口に親しまれたぼうろ。簡素な民衆菓子の雄といえよう。

ところてん

あるデパートの一隅の茶屋で、ところてんをすすっている女性をみかけた。また、ところてんのよろこばれる時代になったのだろうか。案外に若いかたなのがうれしくて、その向いに席をとった。

ときどき「すいと」と記したはり紙で、ところてんの用意を知らせている店がある。ひときわむし暑い関西では、壮年の男たちも酢醤《しょう》油《ゆ》をかけたところてんで、暑さをしのいだもの。いまは、ほとんどが黒砂糖の蜜になっているらしい。冷たい黒蜜も人を元気にさせる。

寒夜、戸外の冷気にさらして作られるという「海藻てんぐさから寒天へ」の精製過程は、まだみたことがない。干した風景が美しいそうだ。寒天は保存がきく、便利で尊い食糧だ。

一九七四年は物価高騰のため、天神祭の船渡御《ふなとぎょ》もついに沈没。祭をほろぼす川の汚濁と人の空虚とが重なる。民衆の不安は、いつになったら消えるのか。

清涼のところてんは、淡くたちまち消えてしまうのだけれど。

みぞれ

氷菓類を扱う店で、まず探すのはみぞれだ。ところが安くて面倒だからか、なかなかみつからない。アイスクリームや餡《あん》やジュースや、時には生クリームで、ごたごた盛り合わせたかき氷が多い。ひっそりと「みぞれ」の三文字のみ記されている店にあたると、「これ、これ」と、はしゃぎたくなる。

「削《けず》り氷《ひ》にあまづら入れて、あたらしき金鋺《かなまり》に入れたる」（『枕草子』）

清少納言時代から、あまり変らぬ。

冬、雪が降ると庭の椿の葉の上から、清浄な雪を採って味わう。蜂蜜をうすめた蜜をかけると、たちまち、雨雪のいりまじったみぞれのようになる。菓子のあられといい、このみぞれといい、自然現象をよく映した命名だと思う。

みぞれがあれば当然みぞれを。なければ氷あずき。時に邪道ながら、葛《くず》まんじゅうの上に、みぞれをかけてもらうことがある。甘すぎないのがいい。せいぜいそこまで。

氷菓は、みぞれにはじまって、やはりみぞれに終るのではないか。

観世水

見ても見ても、見飽かぬは清らかな水の流れ。

ほとばしり落ちる滝、渦巻きしぶく瀬、日を受けて輝き流れる谷川、淀みがちの沼……。変化の多い地勢のおかげで、さまざまな水の生態をみる。

天然、清らかな水に恵まれていたわたしたちなのに、自らそのいのちの水を汚濁しつづけた。もはや、文明・繁栄の証明であるといわれても、水の汚濁を是認する者はあるまい。

朱塗の菓子《かし》重《じゅう》の蓋をはらう。干菓子のなかに水色の水がひとすじ。観世水は、この国の水を象徴する。清水の乏しい土地、平面的な国の人びとには考えられもしないであろう清麗の水質と、繊細微妙な水の流紋が、この国の「浄」の美意識を貫いてきた。

「甘露《かんろ》」というに価する水はいずこにか。微塵《みじん》粉《こ》、寒梅《かんばい》粉《こ》、砂糖などでつくられた小さな飾り水を懐紙にとる。

多様な水の紋様を、かくも簡素な線にひきしめた先人の感覚にうたれる。

清冽《せいれつ》なりし水を恋う。

でっちようかん

「うちの母の手作りです。以前、うちは菓子屋をしていましたので」

まあ、うれしい。初々しい小豆《あずき》の風味。あっさりした淡い甘味。やわらかな、でっちようかんだった。漉《こ》し餡《あん》を小麦粉と蜜とすこしの食塩で煉って、蒸しあげる。味を濃くすれば、ふつうの蒸し羊羹《ようかん》だ。どういうわけで、でっちようかんなどというのだろう。

昔、わずかな手当で働いたでっちさんでも買えるようかんという意味なのか。早く食べないと腐りやすい、忙しいようかんの心であろうか。安くて、もったいぶらない、でっちようかんが、わたしは好きだ。手作りの店をやめられたとは残念である。

「今の間にお母さまの手からあなたの手へ、ちゃんと教えてもらってくださいね。ノートではだめ。小豆のたきようにも蒸しようにも、からだで覚えなければならない哲学があるでしょうに」

経済学研究の青年学者は、頭に手をやって微笑む。

「そういえば、むつかしいですね。大事にします」

栗おこし

やっぱり大阪もんやなあ。あちこちにおこし類があるのに、やっぱり栗おこし、岩おこしを。久しぶりで梅鉢の紋をつけた包み紙の、栗おこしを食べました。いまさら栗おこしなんか食べんでも、ちょこれえとやら、わっふるやら、食べやすいお菓子がぎょうさん有りますのに。ひょっとしたら、これはかなん、つまらんと思うのやないかしらん。

ところが、ぱりっと割って口にいれると、こうばしいて、あんまり固《かと》のうて、なかなかいけます。栗おこしは糯粟《もちあわ》と蜜とをまぜ合わせながら煎るのんらしい。上に黒ごまが、ふっとおます。

栗やからやらかいので、米や麦や道明寺粉なんど、その材料や製法のちがいで、固い岩にもなりますのやろ。おこしの語源は、

「米を蒸窖《むしあな》に入れ麹《こうじ》となすを俗に寝かすといふ。これはそれに代りて米を熬《い》って膨《ふく》らますによりておこし米といふか」

（『嬉遊笑覧』）

米を起こすやて、なんや可愛《かい》らしい気がしますねん。

最中

昔、京都へ嫁した友人が、婚家先で内祝に最中《もなか》の皮を配らされたという。戦後二、三年の、まだ世の中が充分にととのわなかった頃のこと。いくら物の不自由な時代でも、いくら、つつましいといわれる京都でも、まさか。最中の皮ばっかりを包んでもらって、大きなふくさをかけて近所やら親戚やらへ挨拶に廻ったとか。「どうか、お好きな餡《あん》をおいれくださいませ」口上は姑さんに教えられた。「ほんま？」ときいて、叱《しか》られた。

なるほど、最中の外皮を家で作るのはむつかしい。餅《もち》をうすくひきのばし、焼型にはさみ、さまざまの色や形に焼きあげる。

こうばしいけれど、上あごにひっつく皮である。中餡には小豆《あずき》餡だけでなく柚子《ゆず》餡にしたり白餡にしたり。粒、漉し、いずれにもすこし飴《あめ》がまざっていてねばつく。

いまは、皮と餡とを別々に詰めあわせて、「早くから餡をいれると皮がしめりますので召し上る時にはさんでください」という方式をもみる。

お姑さんは先見の明があったのかもしれない。

紅芋の甘納豆

あれは何という種類かしら、身が白くて紅皮をもつ、きれいな初秋の新さつま芋。子どもの頃、むした紅芋《べにいも》をあきなう屋台が町にではじめると、まだあまり甘くないのに、親にねだった。毎年、清新なよろこびであった。

江戸初期に、この国へも甘藷《かんしょ》が渡来して以来、どんなに多くの人間がうるおされてきたことか。

飢饉《ききん》や動乱の時はもとより、日常の主食を甘藷でまかなわねばならぬ土地もあった。作りやすくて、甘いさつま芋。戦時の代用食として身を養われた記憶も新たなのに、この尊いお芋を恩知らずにも軽んじるふうがあって、残念である。

わたしは素朴な焼芋党だが、時には夕化粧した若妻のごとき紅芋の甘納豆を。

甘納豆は、しみじみとやわらかく煮た材料を蜜にひたし、またその蜜を煮つめて、ふたたびさきほどの素材を加えるといったことを何度かくりかえして、白砂糖にまぶして乾かす。小豆《あずき》やとうろく豆、お多福豆や栗などでつくる日持ちのよい菓子だ。

落雁

小さな菊の型の落雁《らくがん》を二、三個、酒宴の果ての客人におだしした。すると、毒舌できこえた客人が、ひとくち含んで、ていねいに、「結構な和三盆《わさんぼん》で」とご挨拶。舌は酔わぬものとみえる。

落雁には、さまざまなくふうがみられる。

餡をまぜたもの。胡麻《ごま》や紫蘇《しそ》などが散ったもの。色彩や香りや形をくふうして、季節感をだしたり使用目的に合わせたり。いちばん平明なのが、神饌《しんせん》や仏供、祝儀、不祝儀や記念菓子などに用いられる大型落雁である。

好きでないというのは、よいものを知らないということでもあった。いつか、信州で、なんともおいしい栗落雁を味わって、急に心が惹かれた。良質のもち米を炒《い》って粉にした微塵粉《みじんこ》に、精製された砂糖と水飴《みずあめ》をまぜて型にいれて乾かすだけ。麦の香りの高い麦落雁もある。纖細で気品が高く、口にいれると、さらさらほどけるような落雁が食べよい。

ようやく落雁のよさがわかってきた時は、すでに人生も秋。落雁の季節か。

お萩

春の彼岸には牡丹餅《ぼたんもち》、秋の彼岸にはお萩《はぎ》。

同じように見えるけれど、うちでは、ちょっとちがっていた。牡丹餅はこし餡《あん》で、芯の餅はもち米ばかりを煮て、もちもちするほどよくついた。

お萩の場合は、うるちともちを半々ぐらいに合わせて、すこしはつくけれど米粒も半分はのこす程度の芯。つぶし餡で、小豆《あずき》の皮も含めた濃淡の餡でくるむ。

大萩、小萩といって、お皿にいっぱいになるほど大きなお萩も作った。

死の意味は、全然わからぬ。いかに後世の安楽を約束されても、死にたくはない。けれど、この不平等きわまる人生に在って、これのみは真実……平等なのだ。われわれは必ず死ぬ。そう思う時、すでにその関門を通りぬけた先人たちが心に近い。

故人のしていた通りの方法で、手づくりのお萩をこさえ、きな粉のもそえて、天地にみちみつ三界《さんがい》の気に、たむける。

三界の気が生物を存在させている。

栗きんとん

風に吹き散った青いがの球をもらって、玄関に飾っていたのは、ついこの間。

だのに、もう匂やかな新栗のきんとんが作られはじめた。

わかりきった栗のきんとんだけれど、それが作り手によって、お店によって、ちがうのだからこわい。

いつか、「この店のきんとんを食べてから京を語りなさい」とのお心づくしで、つくりたてのきんとんを頂戴したことがある。つくりたてだから、とろっとやわらかい。甘みもほのかで、栗の風味が生きていた。

真の技巧は、技巧を感じさせぬ。そのきんとんは、生の栗の実とはまったくべつの、洗練された創作のうまみだった。

栗きんとんとしては、もっと自然の香に近い地方の名作を知っている。

この京の栗きんとんのおかげで、生菓子もお刺身《さしみ》と同じように、作ればすぐに食べるものであることを学んだ。

月見団子

「光みちて清らなる」かぐや姫は、名月八月十五日の夜、月の都からの迎えをうける。泣きまどう竹取《たけとり》の翁《おきな》や姥《うば》にむかって、「月の出でたらむ夜は、見おこせ給へ」と言い置いて、天に昇ってしまう。

これはお月見習俗の源を思わせる物語だ。ここ数日の月は、かぐやの月。たとえ雨雲にとざされていても、その雲の向うに、なお白銀に輝く月があることを、わたしたちの心は感じる。

月見団子は、土地により所によって、すこし趣きが異なるらしい。こちらでは里芋ふうの先細りの形で、中ほどに、こし餡《あん》をまいている。月見以外にこの形の団子は見ない。同じような材料でありながら、餅《もち》と団子とは全然ちがう。餅よりは、さっくりした団子のほうが好きというお人も多い。この国の美学的行事、花見にも月見にも、団子が登場する。不死の国である月は、不生の国でもある。

かぐやは「光り」の化身なのだ。光りへの供物団子である。

餡パン

日本生まれの菓子パン、餡《あん》パンは約百年前に、東京木村屋でつくりだされたものときく。それ以来、おやつに、景品に、遠足や、運動会に、どんなに多くの人びとの、口や心をたのしませてきたことか。

つぶ餡、こし餡など、製造店によって同じ餡パンでも、まったくちがった風味となる。ねっとり甘い餡を、パン皮に比べて多くいれた甘すぎる餡パンは、食べづらい。アクをよくぬいた清いこし餡を、あっさり含んだ香り高い小柄な餡パンが、なつかしい。

餡パンというだけで、明治以来の日本がそこに映る。

納得できない政策に対して、許し難い公害に対して、非人間的な圧迫に対して、各地の民衆は目ざめつづけている。抗議を示すデモや集会に動く人びとは、いったいどのようにして飢えをみたすのであろうか。

道ゆく人のカンパのうちに、ひとりの老女から「これを食べてください」といって、餡パン菓子パンを腕いっぱいもらったことがあった由。語る人の目が、ふと、うるんだ。

甘栗

「何もおみやげを買ってくる余裕がありませんでしたので」と、駅売の甘栗《あまぐり》一袋を渡される。お茶だけで話しながら、その皮をむく。秋の夜はなぜか、人情のからむ打明け話が多くなる。それぞれの心に、秋がさびしく、しみ通っていくらしい。

木の実菓子の優《ゆう》なる栗。干して甘くした栗を、今はかち栗というが、昔は甘栗といったそうで、大臣の大饗《たいきょう》に、「甘栗の使」がたてられたほど。宴や神事には、よくつかわれていたとある。

現在は熱した小石にまぜて攪拌《かくはん》しながらむし焼にした甘栗が、全国的に、一年中あきなわれている。

中国種の栗は、甘味豊かで渋皮が離れやすく、甘栗に適している。「天津《てんしん》甘栗」の袋は、戦前から見なれたものだ。先日の中国展のおみやげにともらった甘栗は、さすがにひと粒より。新鮮な栗の香の芳醇なうまみにあふれていた。指先をくろずませて若き客人のためにむくと、客人はその妻なる人のためにむく。時代である。

水飴

割り箸を一本、びんにつっこんで、からめた水飴《みずあめ》を落さないように気をつけながら、くるくるとまきつける。どこまでも細く糸をひいて、なかなか切れない。舌をなめなめ味わった唇《くち》あたりのやわらかな感触は忘れがたい。

色素や、香料のはいらない、いわば不純物のない水飴を、家では尊んでいた。めったにはもらえなかった。たまに、たとえば飲みづらいひまし油を飲まされたあとなど、頭をなでる形で、貴重な水飴が与えられた。

このごろでは馬鈴薯《ばれいしょ》の澱粉《でんぷん》からとった水飴が多いらしい。これは無色透明である。昔ふうの、米をくだいて麦芽を加え、発酵させた水飴は、もうすこし黄ばんでいる。

母乳のかわりに赤児に与えた飴は、米麦成分のものではなかったか。

先日、飴菓子づくりの手仕事をみた。いくつものドラム缶に、きれいな水飴が出番を待っていた。もっとも原始的な自然の甘味である水飴は、あらゆる飴菓子の母。他の菓子づくりの原料でもある。

きんつば

良質の小豆《あずき》には、ふくよかな匂いがある。みごとな小豆が手に入ると、ほんのすこしの量でも、小豆餡《あん》をつくる。いわゆる、ゆであずき。本来の小豆の持味を、直接に味わうゆであずきが、最初の小豆菓子の形であろう。

ゆであずきを、さらに濃く餡にして、外皮をつけたり、内に芯をくるんだり、さまざまな餡菓子が出現する。同じ餡でも、その在りようの変化によって、味も千変万化。薄皮できこえるきんつばも、各地で姿形や内容がちがっている。

きんつばは、銀鍔《ぎんつば》、金鍔《きんつば》の名のように、刀の鍔からきた丸型のものがあるらしい。焼餅《もち》に似た丸型のきんつばと、角の立方体に切ったつぶ餡を、小麦粉と白玉粉をまぜてつくった液につけて鉄板の上で焼いた、角型のきんつばとがある。

焼きたての皮のやわらかな時に食べるのがいちばんおいしい。鉄板にひいた油が、わずかにまざる。つめたくなるにつれて、皮がこわばる。店先で、うすぎぬのような皮を破れぬように焼く手際に見とれた。

村雨

人の好悪の感覚は、何を根として花咲くのであろうか。その体質か、性格か、先天性か、環境か。いくら考えても、よくわからない。

幼いころ、あまり子どもむきとは思われない菓子の村雨《むらさめ》に心を惹かれた。それがいまだに尾をひいて、ふと、ときめきを覚えるのは、どういうことであろう。わからない。

小豆《あずき》のこし餡《あん》に微塵粉と砂糖など、好みのくふうを加えてまぜ、荒い目の裏ごしにかけたそぼろを、まとめてむした変りむし羊羹《ようかん》のひとつ。

このごろは、純粋に、村雨だけの仕上げがすくなくて、餡の芯にそぼろを飾ったものや、そぼろとそぼろの間に別の煉り餡をはさんだ棹物《さおもの》になったりしている。そんな時は、さきに、そぼろの部分だけを口に入れて味わう。

日本の菓子にはまるで『新古今和歌集』のせかいのような、美しい銘がある。

この村雨は、寂蓮法師の名歌、「村雨の露もまだひぬまきの葉に霧たちのぼる秋の夕暮」に、にじむ寂寥《せきりょう》感を、その味としたのか。

じょうよう

「上用まんじゅう」と書かれた店がある。わたしは長い間、「常用」かと思っていた。「じょうよならありますやろ、どこの店にも」というような言葉が耳にのこっている。「いつでも、どこでも」あるまんじゅうの意味かと、思ったのだ。

そうではなかった。関西ふうに長くのばしてよぶから字をまちがった。自然薯《じねんじょ》を摺《す》って、上新粉や砂糖、時には卵白などをまぜ、こし餡《あん》を包んでむした「薯蕷《じょうよう》」まんじゅうだった。まっしろなカスティラにも似て、香り高く腰のある名菓かるかんは、餡をもたない。「薯蕷」は、あのもっちりと風味のある自然薯の皮で、平凡だが品位のあるまんじゅうだ。よく内祝や、引出物などの菓子に使われる。

ていねいな宴には、別製の大型薯蕷や、むしてから艶のある表皮をむいて、バックスキンのように、仕あげた朧《おぼろ》まんじゅうなどが紅白一対として縁高《ふちだか》に納めて供される。そのおみやげを蒸し直して、小さく切りわけてもらった思い出がある。

ゆべし

何年か前、ある尼寺で青柚子《ゆず》を三個、てのひらの上にのせてもらった。寺域にみのった実であった。歩いて戻る間じゅう、その新鮮なかぐわしい実を、匂ってみたり頬にあてたりして、いとおしんだ。

柚子の香を食べるうれしさ。これは味噌《みそ》に、清汁《すまし》に、玉子豆腐に、ちりに……、さまざまな料理に使われる。お菓子には柚子餅《もち》、柚子羊羹《ようかん》、柚子入り最中《もなか》などいろいろ、柚子の実の形のままを食べる丸柚餅子《ゆべし》まである。

各地に各様のゆべしがあるようだ。

その中に能登の丸ゆべしは、名品の格を備えていると思う。これは、柚子の芯を表皮近くまでえぐりとって、中身と米の粉、砂糖を煉り合わせて蒸して中につめ、蓋をしてさらに三回蒸すという。

天日に干して三カ月たった頃から、うすく切って食べる。皮のもつほろ苦い渋味が好きで、あんまり渋のぬけない間のほうが、わたしには気持がいい。

豆板

駄菓子のなかの古典で、すでに同じ板仕立の薄荷糖《はっかとう》の姿が消えたあとも、依然として堅固な姿を示している。

さすがに、昔のような大判のはすくない。気軽く一枚食べられる程度の小型である。

素朴な、そのもの自体の味。

砂糖と、小豆《あずき》と。「どうして作られますの？」と店できいたら、「長い間扱うてますけど、どないして作らはるのや知りまへん」と、おばあちゃんま。陽の当る小さな店の駄菓子の箱がたのしくて、顔を見合わせて、のんびり笑ってしまった。

ずいぶん甘くて、しつこそうに思われるけれど、あと味は案外さわやかで、のどにつまらない。お茶や水でうるおさなくても、渇きを覚えない。砂糖が水分を含んでいて、粉っぽさが全然ないからだろう。

劇の幕間に、懐紙に一枚ずつのせて、同行の人びとにくばった。上菓子になれている人びとに、ちょっとしたショックだったらしい。

シュークリーム

十二月は一年中での末の月。乙子《おとご》月だ。

この一日は乙子の祝とて、うちでは末っ子の成長を祈る祝膳が用意された。末っ子は「なんでも、好きなもん」が註文できる。

もとは、餅《もち》を神に供え、それを食べて安全を祈念したものらしいが、わたしは、お餅よりもシュークリームがほしかった。食後に大きなシュークリームを二つもらった。

あのかぐわしいシューと、たっぷり含まれたなめらかなカスタードクリーム。みるくや玉子の匂いのするクリームの、とろける風味が幼い舌を酔わせた。

わたしはいまだに、カスタードクリームが好きで、シュークリームやワッフルには、カスタードのを選ぶ。

生クリームやチョコレート、くるみいりなど、クリームにくふうがこらされたものがある。幸い、たいそう上手に素直なシュークリームを焼かれる知人があって、時折いただくのが、たのしみだ。「ケーキのお店をなさったらどう」と、けしかけている。

大福

今は昔。冬の町角に、大きな釜を据えた焼芋屋があり、そのそばで、大きな大福《だいふく》を鉄板で焼いていた。根《こん》をつめて春着の仕立てをいそぐ女たち、夜更けるまで働く店員たちなどが、思いだしたように、あつあつの焼餅《やきもち》や、ほかほかの焼芋を買いに走った。

唇をやきやき食べた大福の味は、師走の夜の風景とともに思いだされる。夏場には同じ店が、コールコーヒーや、白や小豆《あずき》の「アイスクリン」を売っていたもの。

戦局が悪化し、食べ物が窮迫して、町から甘いものが姿を消した。お芋が主食となった。入隊した身内の者への面会には、なんとか工面してつくった甘いものを持っていったが、ふとみた酒保には、たくさんの餡餅《あんもち》が並んでいた。

お餅を外皮にして、小豆の餡を包む。そのまま食べるのもおいしく、焼けばまたよい。福々しい大福の名が、ほほえましい。現在は昔のように大型のものはみられず、小福ぐらいの風格しかないが。

餅菓子の起点であり、同時に終着点でもあるような大福。

煉羊羹

煉羊羹《ねりようかん》のひときれを、どういう分厚さに切るかは、お刺身《さしみ》の厚さと同じように、たいそうむつかしい。

煉りぐあいや、色や、形〈幅など〉によって、微妙に厚さをかえて切りたくなる。供する相手や器、時刻や状況なども、厚さに影響する。厚すぎると野暮《やぼ》ったくうっとうしいし、薄すぎると、煉羊羹らしい重みに欠ける。

中村孝也氏の文章によると、「寒天が出現して後、寛政年間に至り、はじめて」煉羊羹が製造されたそうだ。寒天をいれない蒸羊羹にくらべて、煉羊羹は素人には作りきれない重い樟物《さおもの》で、高価な菓子だ。

「肌合《はだあい》が滑《なめ》らかに、緻密《ちみつ》に、しかも半透明に光線を受ける工合は、どう見ても一個の美術品だ」〈『草枕』〉と、夏目漱石は羊羹を描いた。

当時の羊羹は貴重品扱いで、子どもの口にはなかなかあたらなかった。日保《も》ちのよい煉羊羹は、贈答によく使われる。関西では事始め〈十二月十三日〉から迎春の用意がはじまる。

ぜんざい

一年中で、夜がもっとも長い冬至。

光が少なくてさびしい日だからか、柚子風呂《ゆずぶろ》をたててぬくもったり、お粥《かゆ》やかぼちゃで身を養ったりする風習があった。それから、おぜんざいも。

今でも、ぜんざい祭りを行う土地があるようだが、大阪の商家では、男の大厄の厄除けに、冬至の朝、見知らぬゆきずりの人にまで熱いおぜんざいを振る舞ったもの。大釜でたくぜんざいの甘い匂いが、寒い朝の空気に、吐く息白々とやってきた人びとを迎えた。ひとりでも多くの人に食べてもらうため、近所の人や知人、親戚などにふれてまわった。

こうした厄意識から解放されてきた今日だが、世の災厄と不幸とは悪質化、深刻化するばかりだ。昔ののどけさのかけらでもと、おぜんざいや小豆《あずき》ごはんをたいた日には、来あわせた人びとに、せめてひとくちでもとすすめる。

「どうか『小豆はずれ』しはりませんように」

と、平安を祈る。古いのかしら。

たいこ焼

年の暮もおしつまった。つつましい重詰《じゅうづめ》の用意に、混雑する市場へでかける。水菜、ごぼう、塩さば、しめかざり……。両手がいっぱいふさがったのに、帰り道で軒店のたいこ焼を買う。ふうふう。家につくと、まず焼きたてのたいこ焼にかぶりついて、ひと息。料理にかかるのは、それからのことだ。

丸い型に小麦粉と玉子をまぜたたねをいれて皮を焼き、中がやわらかなうちに小豆餡《あずきあん》をいれて別の皮を合わせる。小さなたいこ型だが、回転焼、今川焼、銅鑼焼《どらやき》なども同じものであろう。その店によって、それぞれ姓や土地などゆかりを名づけた自由な名称がつけられている。

幼い頃から回転焼の屋台をだすのが、ひとつの夢だったが、『椨山節考』の作者に先を越された。庶民の飢えと悲しみにいちばん親しいのは、たいこ焼ではないか。

ひとかたけの食を節して、たいこ焼をかじったことのある者だ、うらぶれた不況の新年を迎えようとする冬ざれの町に、軒店のたいこ焼を素通りすることはできない。

菓子と人

なにごとにつけても、なぜか原型が歪《ゆが》められる。妙に演出された装飾過剰のものが、もてはやされる世の中だ。それがお互いを、うつろにさせているのではないか。

四季おりおりの哀歓をよせて、なじみの深い日々の菓子である。「たったおひとつ」の小さな菓子に、どんなにか大きく力づけられてきた人の心。

菓子は、情感そのものである。その原姿を大切に味わうことは、人生の価値観を素朴な基本から見直すことでもあろう。

「忘れていたものを思いだしました」「なつかしくて、さっそく作りました」というお声がよせられた。また、「わたしの手づくりです」「昔からの伝統を守った製法です」などといって、ありがたい作品が届けられたこともある。

白小豆《あずき》の高雅な白餡《あん》、もちもちした団子のうまみ、こうばしい麦芽《ばくが》の飴《あめ》など、いまだにその余韻が忘れがたい。

菓子を描くことによって、心ほのぼのと過せたことをありがたく思う。

あとがき

何とも、思いがけない『伊都子の食卓』という書名……。

藤原書店社長藤原良雄さまが、「こんどは、食べものとの触れ合いを本にしましょう」と言ってくださいました。

長年、私が書きつづけてきた文の中から、日々の生活の中で味わってきた食品に触れたところを一つひとつ集めて、編集してくださったのは、高林寛子さまです。

校正刷りをいただいて、読みながら、刻々今もつづく食事のあれこれ、お三時のあれこれ、夜中に食べたくなるものなど、食べものとの喜びを思っていました。それこそ、いのちの原点ばかり。

おかげで、虚弱児童だった私が、こんな歳まで生かしてもらいました。

『遺言のつもりで――伊都子一生語り下ろし』をまとめていただいて、これで出版は終わりかと思っていましたのに、又また、それどころではない食卓報告を……と、涙せずにはいられません。

ありがとうございます。おかげで、生きる基盤の食品、食卓……まだ楽しませていただいております。

藤原書店社長さま、高林寛子さま、山﨑優子さんをはじめスタッフのみなさま、どうかよろしくお願い申しあげます。

二〇〇六年十月

岡部伊都子

出典一覧

夜中のお餅

うずらそば……『紅しぼり』一九五一年、自費出版

ジュース……『いとはん さいなら』一九五七年、創元社

おむすびの味、おこげ、ひややっこ、ふろふきの味、お茶漬、丸かぶりずし
……『抄本 おむすびの味』一九六八年、創元社

テレビおむすび、寒いちご……『ずいひつ白』一九五九年、新潮社

卯の花月、家ごとのすしの味、西瓜好き、おむすびころりん、木の実、かきの冬
……『女人歳時記』一九六七年、河原書店

雛の膳、うるおい、干しうどん（原題・いい仕事）、夜中のお餅、梅干
……『鈴の音』一九七〇年、創元社

美しいお茶

木の芽でんがく……『おりおりの心』一九七〇年、大和書房

柿の葉ずし（原題・雨期）、夏の献立（原題・京の夏）
……『こころをばなににたとえん』一九七五年、創元社

後片づけとひやごはん……『ふしぎなめざめにうながされて』一九七九年、大和書房

ピロシキ……『鬼遊び』一九八一年、筑摩書房

春の貝、美しいお茶、仙なるわさび、遠いわかさぎ、霊菌 椎茸、水墨大根、春迎え酒、寒夜の凍

豆腐、葛の根っこ、繊細な京野菜 ……………… 『紅のちから』一九八三年、大和書房
春は白魚、夏はそうめん、秋は菜飯、冬は湯豆腐 …… 『優しい出逢い』一九八五年、海竜社

野菜のこよみ

『野菜のこよみ くだものの香り』一九八二年、創元社

四季の菓子

『四季の菓子』一九七五年、読売新聞社

著者紹介

岡部 伊都子（おかべ・いつこ）

1923年大阪に生まれる。随筆家。相愛高等女学校を病気のため中途退学。1954年より執筆活動に入り、1956年に『おむすびの味』（創元社）を刊行。美術、伝統、自然、歴史などにこまやかな視線を注ぐと同時に、戦争、沖縄、差別、環境問題などに鋭く言及する。
著書に『岡部伊都子集』（全5巻、1996、岩波書店）『思いこもる品々』（2000）『京色のなかで』（2001）『弱いから折れないのさ』（2001）『賀茂川日記』（2002）『朝鮮母像』（2004）『岡部伊都子作品選・美と巡礼』（全5巻、2005）『遺言のつもりで』（2006）『ハンセン病とともに』（2006、以上藤原書店）他多数。

伊都子《いつこ》の食卓《しょくたく》

2006年11月30日　初版第1刷発行©

著　者　岡部伊都子
発行者　藤原良雄
発行所　株式会社　藤原書店

〒162-0041　東京都新宿区早稲田鶴巻町523
TEL　03（5272）0301
FAX　03（5272）0450
振替　00160-4-17013

印刷・製本　中央精版印刷

落丁本・乱丁本はお取り替えします
定価はカバーに表示してあります

Printed in Japan
ISBN4-89434-546-3

～　岡部伊都子の本　～

思いこもる品々
〈口絵〉カラー・白黒写真24頁／イラスト90枚　A5変上製　本文192頁　**2800円**（2000年12月刊）

京色のなかで
四六上製　240頁　**1800円**（2001年3月刊）

弱いから折れないのさ
題字・題詞・画＝星野富弘　四六上製　256頁　**2400円**（2001年7月刊）

賀茂川日記
A5変上製　232頁　**2000円**（2002年1月刊）

朝鮮母像
座談会＝井上秀雄・上田正昭・林屋辰三郎・岡部伊都子
題字＝岡本光平　跋＝朴菖熙　四六上製　240頁　**2000円**（2004年5月刊）

まごころ〔哲学者と随筆家の対話〕　鶴見俊輔＋岡部伊都子
B6変上製　168頁　**1500円**（2004年12月刊）

遺言のつもりで　――伊都子一生 語り下ろし
四六上製　424頁　**2800円**（2006年1月刊）
〈愛蔵版〉布クロス装貼函入　口絵16頁　**5500円**（2006年2月刊）

ハンセン病とともに
四六上製　232頁　**2200円**（2006年2月刊）

〈中国語対訳〉シカの白ちゃん　李広宏訳　CD&BOOK
A 5 上製　144頁＋C D 2枚　**4600円**（2005年9月刊）

岡部伊都子作品選　美と巡礼（全五巻）
題字＝篠田瀞花　四六上製カバー装　各巻口絵・解説付

1 古都ひとり　〔解説〕上野　朱
216頁　**2000円**（2005年1月刊）

2 かなしむ言葉　〔解説〕水原紫苑
224頁　**2000円**（2005年2月刊）

3 美のうらみ　〔解説〕朴 才 暎
224頁　**2000円**（2005年3月刊）

4 女人の京　〔解説〕道浦母都子
240頁　**2400円**（2005年5月刊）

5 玉ゆらめく　〔解説〕佐高　信
200頁　**2400円**（2005年4月刊）

＊表示価格は税抜